D1721758

DIEU, MON MEILLEUR POTO

EMMY KONDJI

Edition originale publiée en français sous le titre :

DIEU, MON MEILLEUR POTO

Copyright © 2022 Emmy Kondji

Couverture : Laurent Ekoume

Relecture, correction et mise en page : Shammah Éditions

Dépôt légal - 3e trimestre 2022

ISBN : 979-8-353208-66-2

Tous droits réservés. Aucune représentation ou reproduction intégrale ou partielle de ce livre par quelque procédé que ce soit ne sera faite sans l'autorisation écrite de l'éditeur. Sauf s'il s'agit de citations dans des articles ou des revues de presse.

1

_____

Les cris, les pleurs, les supplications et les prières des Hommes aux quatre coins de la terre montaient en symphonie jusqu'au ciel tel un chant de douleur unique. Il est dit dans la parole de Dieu que quand un malheureux crie l'Éternel entend et Il le délivre de ses détresses. Parmi les milliers de cris qui se font entendre dans l'univers chaque jour se distinguent ceux d'Espérance, une fervente chrétienne d'une quarantaine d'années, veuve depuis cinq ans. Presque tous les soirs, dans un coin de sa chambre, elle adressait la même prière à Dieu. Elle était lasse, au bord du gouffre et ne se sentait plus la force d'affronter quotidiennement son fils aîné, Rebel, âgé de vingt ans, qui leur menait la vie dure à elle et son autre fils, Joseph.

Depuis la mort de son mari, sa vie avait viré au cauchemar. Le jeune garçon s'était étrangement métamorphosé et rebellé. Il n'était plus le jeune adolescent réservé, respectueux et exemplaire qu'il fut jadis. Il s'était mis à fréquenter une bande de mauvais garçons et par conséquent s'était mis à boire de l'alcool, à consommer toutes sortes de drogue, à commettre des délits en tout genre, à se tatouer le corps, se mettre des piercings et à voler régulièrement de l'argent dans ses affaires. Il ne se passait pas deux jours sans qu'il n'y ait de tensions au sein de sa maison. Espérance ne comprenait pas pourquoi son fils noyait son chagrin, dû à la perte de son père, dans tous ces excès et avait essayé à plusieurs reprises de discuter avec lui, en vain. Il refusait de se confier à elle et la repoussait toujours froidement chaque fois qu'elle s'approchait de lui comme si sa présence le dégoûtait. Aujourd'hui, elle était désemparée et remettait son sort entre les mains de Dieu. Elle criait à Lui afin qu'il opère un changement dans la vie de son fils, mais surtout que ce dernier le connaisse personnellement et tisse une relation avec Lui.

Espérance gagnait modestement sa vie et était caissière dans un supermarché. Un jour, alors qu'elle était à son lieu de travail, elle reçut un coup de fil de l'établissement de son fils lui demandant de passer urgemment. Elle fronça les sourcils, se demandant ce que ce dernier avait encore bien pu faire pour qu'elle soit convoquée. Elle avait comme un mauvais pressentiment et espérait au fond d'elle que ce ne soit rien de grave même si avec Rebel, il fallait toujours s'attendre au pire. Elle informa sa collègue qui lui demanda d'en profiter pour y aller comme il était déjà l'heure de la pause. Elle se rendit donc en direction du lycée de son fils avec plein de questions dans la tête. Ce qu'elle apprit une fois sur place la fit presque tomber à la renverse. Elle sortit comme une furie du bureau du Directeur de l'établissement.

Quelques heures plus tard, alors qu'elle était accompagnée de Rebecca, sa meilleure amie, elle entra dans sa maison très en colère contre son fils. Le volume de la musique qui était à fond dans la chambre de ce dernier l'accueillit dès qu'elle franchit le seuil de la porte. Elle leva les yeux au ciel en poussant un soupir d'agacement avant d'aller frapper à sa porte avec fougue. Lorsqu'il ouvrit, elle le poussa sur le côté et se dirigea directement vers la chaîne Hifi pour arrêter la musique en criant que sa maison n'était pas une discothèque. Le jeune garçon se posta devant elle, les points pliés sur ses côtes en demandant ce qu'elle voulait.

- Rebel, j'ai été convoquée à ton établissement et je tombe littéralement des nues. Je ne sais plus quoi penser et que faire de toi. Tu es exclu ! Tu le savais ?

Il ne répondit pas et détourna son regard du sien, mal à l'aise.

- Est-ce que tu te rends compte que c'est la deuxième

fois que tu te fais exclure en un an ? poursuivit-elle. Tu as été exclu à la rentrée après seulement trois mois de cours, je me suis battue corps et âme pour te trouver une place dans un autre établissement et tu me fais encore le même coup ? Mais qu'est-ce qui ne tourne pas rond chez toi, tu peux me le dire ?

Comme il ne répondait pas et que son visage était impassible, cela énerva davantage Espérance.

- Rebel, je te parle ! cria-t-elle.

- Que veux-tu que je te dise ? C'est comme ça c'est tout ! cria le jeune garçon à son tour.

Sa réponse la choqua et elle resta un instant sans rien dire, éberluée.

- C'est comme ça ? C'est ce que tu trouves à me dire ? Tu trouves normal de te faire exclure ? Tu as l'air de prendre cela à la légère ! reprit-elle.

- Lorsque je me suis fait exclure la première fois et que tu cherchais à m'inscrire dans un autre établissement, je t'ai demandé d'arrêter, car je ne voulais pas reprendre les cours, mais tu ne m'as pas écouté !

- Je ne t'ai pas écouté ? Et tu voulais que je fasse quoi ? Que je te laisse à la maison à ne rien faire à longueur de journée pendant que les autres de ton âge sont au lycée en train de préparer leur avenir ? Tu es en classe d'examen Rebel, tu passes ton Baccalauréat cette année pour la deuxième fois. *La deuxième fois* ! Pourquoi es-tu aussi inconscient ? Ton petit frère qui est ton cadet de quatre ans passe le même examen que toi, cela ne te fait-il rien ?

- Pourquoi est-ce que tu me compares toujours à Joseph, c'est dingue ! cria le jeune homme en serrant les dents et en pliant son poing avant de se mettre à tourner dans la pièce pour apaiser sa colère.

- Je ne cherche pas à te comparer pas à lui, c'est juste que...

- Tais-toi, tu m'énerves, je ne veux plus t'entendre ! L'interrompu-t-il en hurlant.

- Ne me parle pas sur ce ton Rebel, je suis ta mère, je te signale !

- Non tu n'es pas ma mère, tu es la mère de Joseph et tu me gonfles ! Allez, sors de ma chambre !

- Rebel, je...

- Sors, je te dis ! cria-t-il en la poussant avant de claquer la porte derrière son dos.

Quand il était dans cet état, il valait mieux ne pas chercher à le confronter. Le jeune garçon avait du mal avec la gestion de sa colère et avait déjà à plusieurs reprises essayé de lever la main sur elle. Avec le temps, Espérance s'était mise à avoir peur de lui et redoutait ses réactions au point qu'elle préférait toujours jeter l'éponge avant que les choses ne s'enveniment.

Il n'était pas fier de lui et regrettait intérieurement d'être aussi susceptible et colérique, mais la vérité est qu'il avait du mal avec l'autorité et n'aimait pas qu'on lui crie dessus où encore qu'on lui fasse des reproches, c'est d'ailleurs cela qui lui avait valu son exclusion. Il avait levé la main sur son professeur. Ce dernier avait remis en cause son intelligence devant ses camarades à la suite d'un exercice qu'il avait été incapable de résoudre, et de là était parti un sujet de moquerie, ce qui n'avait pas plu au jeune homme qui accusa délibérément son professeur de chercher à le nuire. Après une altercation entre les deux hommes, il s'emporta et le poussa violemment. Ce dernier chancela et tomba la tête la première au sol. Après plusieurs mises en garde de la part du Directeur à la suite de ses nombreux accès de colère envers ses camarades de classe et ses professeurs, c'était la goutte d'eau qui avait fait déborder le vase. L'exclusion avait été la solution ultime. On ne voulait pas qu'il soit nuisible envers les autres élèves, surtout que c'était une classe d'examen et qu'il était judicieux que les cours se déroulent dans une bonne ambiance. Une lettre de convocation avait été adressée à sa mère et il était chargé de la lui remettre, mais il ne l'avait jamais fait, car des rumeurs disaient qu'on allait l'exclure et il voulait éviter à tout prix les remontrances et les jérémiades de cette dernière. Il avait fait l'école buissonnière durant tout ce temps jusqu'à ce que l'école décide aujourd'hui de convoquer elle-même sa mère. Il n'avait pas été surpris qu'elle lui annonce qu'il était exclu, car il le savait déjà. Il avait juste cherché à retarder un peu plus ce moment.

Espérance alla retrouver son amie au salon en disant qu'elle n'en pouvait plus et qu'elle était à bout, qu'elle se lavait totalement les mains de la situation de son fils et remettait encore une fois son sort entre les mains de Dieu. Cette dernière, qui était compatissante face à sa situation, lui demanda de tenir bon et de prier pour que les choses s'améliorent avec le temps.

À la tombée de la nuit, Rebel sauta par la fenêtre de sa chambre qui donnait sur le jardin de ses voisins. Lorsqu'il atterrit au sol, le chien de ces derniers se mit à l'aboyer avant de le poursuivre. Il se mit à courir frénétiquement afin de lui échapper et escalada la barrière pour atterrir de l'autre côté de la rue. La voisine qui faisait la vaisselle à sa cuisine et qui venait d'assister à toute la scène se mit à l'insulter.

- Espèce de petit chenapan ! cria-t-elle.

Elle ne supportait plus le jeune homme et en avait marre de ses frasques et le lui avait déjà fait savoir à maintes reprises. Elle était même allée voir sa mère afin de lui signaler qu'il avait cette fâcheuse tendance à passer par son jardin chaque fois qu'il faisait le mur et qu'elle ne voulait plus que cela se répète à l'avenir, mais elle n'avait malheureusement observé aucun changement. Elle se promettait toujours intérieurement d'appeler la Police si cela venait à se reproduire, mais finissait toujours par se rétracter à cause d'Espérance qui était une femme bonne et généreuse et appréciée de tout le quartier.

Rebel alla retrouver sa bande de copains dans un lieu secret où ils avaient coutume de se fixer rendez-vous pour passer du temps ensemble. Ces derniers s'exclamèrent lorsqu'ils le virent arriver fièrement.

- Regardez qui va là, notre cher ami disparu ! cria l'un d'eux en souriant.

Rebel les salua à tour de rôle avant d'allumer une cigarette et de prendre place auprès d'eux. Ils étaient à quatre et tenaient tous dans leurs mains des bouteilles d'alcool et des cigarettes.

- On dit quoi les gars ? Vous allez bien ? leur demanda-t-il.

- C'est à nous de te poser cette question, cela fait déjà plusieurs semaines que tu ne viens plus en cours et que tu ne décroches pas nos appels.

- Cela ne fait qu'une semaine que je ne vais plus en classe et tu n'as appelé qu'une fois Andy, n'exagère pas. Rectifia-t-il.

- Ouais, mais quand même !

- C'est vrai que tu t'es fait exclure ? demanda l'un d'eux avec curiosité.

- Oui. Répondit-il fièrement.

- Trop cool ! dit un autre d'un ton admiratif.

- En quoi c'est cool ? C'est nul de se faire exclure à quelques mois de l'examen. Intervint un autre. Sérieux mec, tu aurais quand même pu chercher à décrocher d'abord ton examen avant de coller ton poing sur le visage de ce connard.

- Ouais, John a raison, tu as déconné mec.

- Il l'a mérité, cela faisait déjà plusieurs semaines qu'il me cherchait. J'avais l'impression qu'il essayait toujours de me pousser dans mes retranchements, dit Rebel en essayant de justifier son acte et en aspirant longuement sur sa cigarette avant de souffler la fumée qu'il fit sortir de sa bouche.

- Ouais, te traiter de *bête comme un âne* devant tout le monde c'est pas cool. Et qui utilise encore ces expressions de nos jours ? En plus pour un professeur de français c'est vraiment aberrant.

- J'ai vu ta mère aujourd'hui sortir du bureau du Directeur comme une furie, elle avait la rage mon gars, elle qui d'habitude est toujours souriante. Ça m'a fait flipper, dit l'un d'eux.

- Ouais. C'est aujourd'hui qu'elle a su pour mon exclusion.

- Aujourd'hui seulement ?!

- Qu'est-ce qu'elle a dit ? demanda un autre.

- À ton avis ? Tout ce qu'une mère vénère peut dire

lorsqu'elle apprend que son fils est exclu pour la deuxième fois de son lycée.

- Sérieux mec tu crains, tu mérites un palmarès je te jure ! dit l'un d'eux en riant.

- Ta mère je la trouve cool, la mienne à sa place m'aurait déjà viré de chez elle depuis longtemps, elle ne plaisante pas avec les études.

- Normal, elle est médecin. Renchérit l'un d'eux.

- Qu'est-ce que tu comptes faire maintenant ? demanda un autre à Rebel sur un ton un peu plus sérieux.

- Rien. Je n'ai jamais aimé l'école et vous le savez. Ça ne me dit rien du tout d'y retourner, ce n'est pas fait pour moi... Assez parlé de moi maintenant ! Alors, qu'est-ce que j'ai raté durant mon absence ? ajouta-t-il rapidement afin de tourner la page.

Ses amis lui racontèrent avec excitation plusieurs événements qui étaient arrivés à l'école à son absence et qu'il avait ratés. Ils passèrent du temps à se charrier les uns et les autres, à se raconter plusieurs anecdotes et à parler de sexe et de filles avant de se séparer quelques heures plus tard.

Sur le chemin du retour, il aperçut au coin de la rue une voiture noire aux vitres fumées garée. Il prit peur et se mit à fuir instinctivement, mais il fut remarqué par l'un des messieurs qui se tenaient debout devant la voiture et ce dernier se mit à le poursuivre, suivi de près par ses acolytes. Il le rattrapa et le plaqua violemment contre le mur qui était derrière lui. Quelques instants plus tard, la voiture noire qu'il avait aperçue fit son entrée et un monsieur d'une cinquantaine d'années environ descendit du véhicule, vêtu d'un smoking et d'une canne à la main. Il avait fière allure, on aurait dit qu'il sortait tout droit d'un magazine de mode masculine.

- Alors, comme ça tu cherches à nous éviter maintenant, Rebel ? Demanda-t-il les dents serrées en s'approchant du jeune homme.

- Non pas du tout, c'est juste que...

- Ferme-la, je ne veux pas t'entendre ! L'interrompu-t-il en criant. Où est mon argent ?

- Je ne l'ai pas sur moi, mais je te le remettrai promis ! dit Rebel, apeuré.

Une fois près du jeune homme, le monsieur approcha son visage du sien et le dévisagea longuement.

- Ne joue pas à ce petit jeu avec moi, compris ?

Rebel hocha vivement la tête.

- J'ai horreur qu'on me prenne pour un idiot, encore moins qu'on me fasse marcher quand il s'agit de mon argent, reprit-il. Tu peux t'estimer heureux d'avoir été réglo avec moi jusqu'à présent, c'est uniquement pour cela que je vais t'accorder encore une chance de me remettre mon argent dans les plus brefs délais sinon ...

Il ne termina pas sa phrase et se contenta de lui adresser un regard menaçant.

- Ne t'inquiète pas, je te remettrai ton argent d'ici là, fais-moi confiance. Dit Rebel.

- D'ici là ?

Il éclata de rire en regardant la bande d'hommes qui étaient autour d'eux.

- Non, mais vous l'écoutez ? Il va me remettre mon argent *d'ici là* ?

Il éclata de rire de plus belle, imité par les autres.

- Tu es un petit plaisantin, toi, reprit-il d'un ton plus sérieux, mais menaçant. Tu n'as que cette soirée pour trouver mon argent sinon je te promets que tu marcheras désormais en regardant derrière toi toutes les secondes de peur de me voir surgir avec un couteau pour te trancher ta belle petite gueule d'ange. Tu n'aimerais pas que cela arrive n'est-ce pas ?

Rebel secoua la tête, complètement tétanisé.

- Très bien. J'aime que tu sois aussi compréhensif. Je ne vais pas t'importuner plus longtemps, mais avant je vais te laisser un petit souvenir de moi parce que tu as essayé de me fuir ce soir et que je n'aime pas ça.

Il fit sortir de sa poche un petit couteau avec lequel il lui égratigna le visage. Du sang se mit à couler le long de la joue du jeune homme qui était au bord des larmes. Il lui lança un dernier regard menaçant avant de s'en aller.

Rebel se mit à suffoquer après son départ, il regrettait tellement de s'être mis à travailler pour Pachino, c'était son surnom.

En effet, il y a un an de cela, alors qu'il discutait avec un de ses amis à qui il confiait vouloir arrêter les études et se trouver un business afin de subvenir à ses besoins, ce dernier lui dit qu'il connaissait une affaire qui marchait plutôt bien et où l'on pouvait se faire beaucoup d'argent facilement. Intéressé, il lui demanda quelle était cette affaire, c'est alors qu'il fit la connaissance de Pachino. Ce dernier lui proposa de vendre de la drogue pour lui en contrepartie d'un petit pourcentage de sa vente. Au début, il refusa, mais lorsqu'il vit ses amis qui avaient accepté de se lancer dans ce réseau ne jamais manquer d'argent et posséder beaucoup de biens, il finit par les envier et revint sur sa décision quelque temps après.

Il fut surpris de constater qu'il fallait signer un contrat lorsque l'on voulait travailler pour Pachino, c'était un véritable réseau orchestré en bande organisée. Il était strictement interdit de quitter le réseau sans avoir travaillé au moins deux ans pour ce dernier, de dire pour qui ils travaillaient, où ils se procuraient de la drogue et quels étaient leurs fidèles clients. Pachino ne vendait pas de la drogue à n'importe qui, sa clientèle était pour la plupart des hommes politiques, des artistes, des enfants issus des milieux aisés et bien d'autres. C'est pourquoi il fallait être très discret lorsqu'on travaillait pour lui et qu'il était très exigeant quant au choix de ses dealers. Le jeune garçon lui avait fait bonne impression par son tempérament rebelle et indépendant et il avait décidé de lui faire confiance et de le laisser intégrer son cercle très fermé.

Cependant, il y avait un prix à payer lorsqu'on décidait de quitter ce réseau sans avoir rempli sa part de contrat, mais Rebel ignorait totalement ce que c'était, il avait un jour posé la question à Pachino, mais ce dernier lui avait répondu qu'il le saurait le jour où il souhaiterait rompre la clause qui les liait tous les deux et pas avant. Le jeune garçon espérait au fond de lui que ce n'était pas la mort, car au fil du temps il en avait appris davantage sur son patron et ce qu'il avait découvert lui avait juste donné la nausée et les frissons dans le dos. Selon certaines rumeurs, plusieurs personnes qui avaient travaillé pour lui et qui s'étaient enfuies de ce réseau sans avoir honoré leur part du contrat avaient toutes été retrouvées mortes. Malheureusement, il avait appris cela après avoir intégré ce milieu, il était donc trop tard pour se rétracter et faire demi-tour. Il était condamné à continuer de travailler pour le vieux mafieux.

Aucun des dealers ne connaissait la vie de leur patron. Personne ne savait où il habitait, s'il était marié et avait des enfants, s'il avait une autre profession hormis celle qu'ils connaissaient tous. Il était très énigmatique quant à sa vie personnelle et considérait que sa vie privée ne regardait que lui. Ils n'avaient même pas un local où se retrouver. Chaque fois qu'il devait leur remettre de la drogue à vendre et qu'il fallait récupérer son argent, il les appelait toujours et leur donnait un lieu de rendez-vous où ils se retrouvaient et toutes les transactions se passaient dans sa voiture de luxe en moins de quinze minutes. Ils ne discutaient jamais. Il leur remettait la drogue qu'ils récupéraient aussitôt avant de s'en aller, ensuite lorsqu'il fallait lui remettre l'argent obtenu de cette vente, ils le faisaient avec la même procédure et s'en allaient lorsqu'il leur avait restitué leur part. Tout était mécanique.

Rebel commença à faire l'école buissonnière lorsqu'il commença à jouir des profits obtenus par ses ventes de drogue. En effet, à quoi cela lui servirait-il encore d'aller au lycée dans la mesure où il gagnait bien sa vie. Pour lui, les études servaient à avoir une certaine stabilité financière pour l'avenir et dans la mesure où cette stabilité il l'avait déjà grâce à son nouveau travail, il ne voyait plus l'utilité de se réveiller chaque matin et d'aller au lycée suivre des cours non seulement qu'il ne comprenait pas, mais qui l'ennuyaient par-dessus tout. L'argent qu'il gagnait servait pour la plupart du temps à organiser des sorties avec ses amis en boîte de nuit, à offrir des présents à ses nombreuses conquêtes, s'acheter des articles de valeur, etc.

Il était jeune et dépensait cet argent selon les désirs de son âge.

Aujourd'hui, il se sentait prisonnier de ce monde et voulait en sortir, car c'était très stressant pour lui de ne pas pouvoir vendre de la drogue ou encore lorsqu'il avait emprunté un peu d'argent et qu'il n'arrivait pas à le rembourser en temps et en heure, comme c'était le cas aujourd'hui. Pachino était très sévère sur certains points et il valait mieux ne pas déroger à ses règles comme par exemple respecter un rendez-vous où il fallait lui remettre son argent. Rebel l'avait fait, car il n'avait pas la totalité de son argent. Il avait donc filtré ses appels par peur de représailles.

Il rentra chez lui de la même manière qu'il était sorti, par la fenêtre de sa chambre en passant toujours par le jardin de ses voisins. Il avait du mal à trouver le sommeil et réfléchit toute la nuit à la manière dont il pouvait se procurer de l'argent afin de rembourser son patron et bourreau.

2

Le lendemain, Rebel s'introduisit à pas de loup dans la chambre de sa mère qui était endormie profondément et ne l'avait pas entendu entrer. Il se dirigea vers son armoire à linge où il fouilla minutieusement son sac à main dans lequel étaient rangés plusieurs billets de banque. Il en saisit une bonne partie avant de sortir de la pièce de la même manière qu'il était entré. Une fois à l'extérieur, il appela Pachino pour lui dire qu'il avait son argent et ce dernier lui fixa un rendez-vous tout en lui précisant de s'y rendre à une heure précise. Une fois sur le lieu indiqué, il reconnut la voiture de Pachino et monta à l'intérieur. Il lui tendit directement l'argent que ce dernier compta minutieusement afin de s'assurer que le compte était bon.

- Pachino, je...

- Ne m'interromps jamais lorsque je compte de l'argent ! Compris ? s'énerva-t-il en pointant un doigt menaçant sur lui.

Rebel hocha la tête timidement.

- Ça y est, tu peux parler maintenant. Tu as deux minutes pour cela, pas plus. Reprit-il après avoir rangé l'argent dans la poche de sa veste.

- Pachino, je...je ne sais plus si je vais encore pouvoir travailler pour toi à l'avenir. Je ne vais pas chercher à te donner une excuse bidon comme le font les autres, c'est juste que... j'aimerais passer à autre chose. J'ai aimé travailler à tes côtés et je ne crois pas que tu aies eu à te plaindre de moi un jour depuis que je travaille pour toi... enfin, jusqu'à aujourd'hui, mais sincèrement j'ai envie de m'arrêter là. Je t'en prie, laisse-moi partir.

Pachino l'observa un moment, le visage impassible, avant de prendre la parole en esquissant un fin sourire.

- Que veux-tu que je te dise que tu ne saches déjà mon cher Rebel ? Où chercherais-tu simplement à m'ennuyer ? dit-il d'un ton parfaitement détaché.

- Pas du tout. Répondit-il timidement, en baissant les yeux.

- Vous êtes tous libres de partir quand vous le voulez, je ne retiens personne. Seulement, il y a un prix à payer pour cela. L'aurais-tu oublié ?

- Justement, tu n'as jamais répondu à cette question. Ce prix à payer dont tu parles tout le temps si l'on venait à quitter ton réseau, quel est-il ?

Pachino sourit en lui caressant docilement la joue.

- Le jour où tu le sauras, tu seras soit au paradis soit en enfer malheureusement, cela dépendra de la vie que tu auras choisi de mener sur terre.

Le visage de Rebel se figea instantanément, il ne fallait pas beaucoup d'intelligence pour comprendre le message que venait de lui faire passer son patron. Les choses étaient claires à présent pour le jeune homme. Le prix à payer pour rompre le contrat chez Pachino était la mort, toutes ces rumeurs étaient donc fondées.

Ce dernier décela la peur sur son visage et se mit à rire.

- C'est quoi cet air ? Tu ne vas pas te mettre à pleurer dans ma voiture, pas vrai ?

- Non. Répondit Rebel en se ressaisissant.

- Tant mieux, j'aime ça.

Il fouilla dans une sacoche et fit sortir quelques nigauds de drogue qu'il lui tendit.

- Tiens, c'est ta prochaine livraison. Rendez-vous dans une semaine pour que tu me remettes ce qui m'est dû.

Rebel hésita un moment avant de prendre ce que lui tendait son patron en boudant.

- Ne fais pas cette tête, cela ne te réussit vraiment pas, je t'assure. Se moqua Pachino en riant et en lui tapotant la joue. Le temps passe vite, d'ici deux ans tout cela ne sera que de vieux souvenirs pour toi. Allez, descends maintenant.

Rebel voulut descendre de voiture puis se rappela que ce dernier ne lui avait pas remis la part qui lui revenait de sa vente.

- Mon argent ? demanda-t-il simplement en tendant la main.

- Tu t'attends à quelque chose après m'avoir fait marcher ? Tu n'es pas sérieux ? Dit Pachino en faisant mine d'être offusqué.

- Je ne t'ai pas remis ton argent dans les délais soit, mais je te l'ai tout de même donné et en intégralité.

- Chaque fois que tu me remettras mon argent avec du retard, tu n'obtiendras rien de ta vente.

- Cela n'est pas écrit dans le contrat ! s'emporta Rebel, vexé.

- Les règles du contrat c'est moi qui les fixe et elles peuvent changer à tout moment.

- Elles changent surtout lorsqu'elles t'arrangent et sont en ta faveur ! C'est injuste.

- Mais la vie est injuste, mon garçon, c'est ça la triste réalité ! Maintenant, fiche le camp de ma voiture, ordonna-t-il.

Rebel rangea les nigauds de drogue dans la poche de son pantalon avant de descendre énervé de la voiture en claquant la portière. Pachino se mit à rire avant de demander à son chauffeur de démarrer.

Le jeune homme était en colère et n'avait qu'une envie à cet instant précis : jeter tous ces nigauds de drogue et s'enfuir très loin pour ne plus avoir affaire à cet escroc. Il avait envie de changer d'air et de passer du temps avec ses amis pour se relaxer et apaiser sa colère, mais ces derniers étaient tous en cours à cette heure. Il eut soudain envie d'une présence féminine et un large sourire se dessina sur ses lèvres lorsqu'il pensa à Virginie, l'une de ses nombreuses petites amies. Il décida de faire une surprise à la jeune fille en allant l'attendre à la sortie des cours.

Sur le chemin, il s'arrêta chez une fleuriste et paya une rose rouge. Lorsqu'il arriva au lycée de la jeune fille, il n'eut pas le temps de l'appeler pour lui dire qu'il était là, car il l'aperçut avec ses amies à l'entrée. Les jeunes filles parlaient et riaient aux éclats lorsque l'une d'elles l'aperçut au loin et fit signe à Virginie en lui donnant un coup de coude et en penchant légèrement la tête en sa direction. Le sourire sur le visage de cette dernière se dissipa aussitôt lorsqu'elle le vit et elle tourna immédiate-ment les talons en accélérant les pas, suivie de près par ses amies qui le toisèrent avant de s'en aller.

- Virginie ! l'appela-t-il, mais elle ne se retourna pas.

Visiblement, la jeune fille était en colère contre lui, mais il ignorait complètement la raison. Cela faisait déjà quelque temps qu'elle était distante et qu'elle ne décrochait plus ses appels. Il ne comprenait pas pourquoi elle agissait de la sorte et se demandait ce qu'elle pouvait bien lui reprocher. Il essaya de réfléchir à ce qu'il aurait pu bien faire pour la mettre dans cet état, mais rien ne lui vint en tête. Il souleva les épaules en guise de ras-le-bol et décida de ne pas s'appesantir sur son cas pour le moment.

Il s'arrêta à la sortie d'un autre lycée. Il attendait cette fois-ci Eva, une autre de ses petites amies. Il manipulait son téléphone, adossé contre une voiture, lorsqu'il la vit passer devant lui, mais cette dernière l'ignora totalement et continua son chemin. Il se redressa et accéléra les pas pour la suivre.

- Eva ?... Eh, tu m'ignores ? cria-t-il derrière elle, mais elle ne se retourna pas et continua à l'ignorer.

Il la rattrapa et se mit à marcher à reculons devant elle pour lui faire face.

- Eva, mais qu'est-ce que tu fais ? Pourquoi est-ce que tu m'ignores ? demanda-t-il, ébahi.

- Je suis en colère contre toi Rebel, je suis fatiguée de tes bêtises, j'en ai marre ! dit-elle froidement.

- Comment ça ?

- Tu as été exclu pour la deuxième fois, tu crois que ça m'amuse ? Lorsque cela est arrivé la première fois j'ai discuté avec toi et je t'ai demandé d'apprendre à gérer ta

colère sinon tu risquerais de t'attirer toujours des ennuis...
visiblement, tu ne m'as pas écouté.

- Je t'assure que je n'y suis pour rien, c'est mon prof qui
m'a poussé à bout ! se justifia-t-il.

- Comme d'habitude ! C'est toujours les autres qui ont
tort et pas toi Rebel, tu es vraiment pathétique !

- Ne te mets pas dans cet état, je te promets que je vais
passer mon examen. Mentit-il en esquissant un sourire
charmeur.

- Ah ouais et où, à la maison ? demanda-t-elle en pouffant et en levant les yeux au ciel.

Il soupira puis s'arrêta et l'obligea à le faire en la retenant par les mains.

- Je suis vraiment désolé...Tiens, c'est pour toi. Dit-il en
lui tendant la rose qu'il avait réussi à cacher jusque-là
derrière son dos.

La jeune fille regarda la fleur sans être attendrie.

- Tu veux acheter ma conscience avec une rose ?
demanda-t-elle avec dédain.

Il poussa un soupir en se passant une main nerveuse
dans les cheveux.

- Écoute, que veux-tu que je te dise. J'essaie tant bien
que mal de me racheter à tes yeux, je sais que je t'ai déçu...
une fois de plus, ajouta-t-il en prenant un air triste.

- C'est rien de le dire, dit-elle froidement.

Elle le dévisagea un moment avant de reprendre la parole.

- Écoute, Rebel...c'est fini.

- Fini ? Comment çà fini ? demanda-t-il en fronçant les sourcils, ne comprenant pas où elle voulait en venir..

- Je décide de mettre un terme à notre relation. Je préfère qu'on en reste là tous les deux, c'est mieux ainsi.

- Tu es sérieuse ? Tu veux rompre avec moi juste parce que je me suis fait exclure ? demanda-t-il d'un rire nerveux, sous le choc.

- C'est bien çà le problème avec toi, tu ne prends rien au sérieux... Visiblement nous n'avons pas les mêmes priorités et il est mieux que nos chemins se séparent ici.

- Tu ne m'as donc jamais aimé, dit-il en essayant de la faire culpabiliser.

- Si, mais dans la vie, il faut faire de bons choix pour notre avenir, quelles que soient les sacrifices que cela peut nous coûter et je choisis de ne plus être avec quelqu'un qui n'a pas d'objectifs. Tu vois, là c'est moi qui suis vraiment désolée.

Elle monta dans sa voiture et démarra en trombe sans lui accorder le moindre regard. Rebel était en colère qu'elle mette fin à leur relation aussi facilement et sans le moindre remord, mais en même temps il n'était pas surpris par sa réaction. Eva était très studieuse et les études occupaient une place importante dans sa vie, elle avait d'ailleurs tant bien que mal essayé de lui transmettre cet amour pour les bancs de l'école en proposant toujours de réviser leurs leçons ensemble, mais il avait toujours réussi à trouver des excuses pour que cela ne se fasse pas, au grand désespoir de la jeune fille qui avait fini par jeter l'éponge.

Lorsqu'il avait été exclu la première fois de son établissement, Eva avait été très déçue et en colère contre lui et le lui avait fait savoir en prenant ses distances. Il avait réussi à reconquérir son cœur à une condition, qu'il suive des cours de gestion de la colère et qu'il s'inscrive dans un autre établissement afin de passer son examen. Il avait rempli la deuxième condition quant à la première, il mentait toujours à la jeune fille chaque fois qu'ils se voyaient qu'il cherchait toujours un bon centre pour cela, mais que ce n'était pas facile. Mais aujourd'hui, elle venait de mettre un terme à leur relation et il pensait au fond de lui que c'était un bon débarras, car il n'aurait plus à subir à l'avenir toutes ses pressions autour des études.

Il s'arrêta dans un autre lycée et fit un message à Kristen, une autre de ses petites amies, pour lui dire qu'il l'attendait à la sortie. Les deux jeunes gens avaient plusieurs points communs : ils n'aimaient pas les études et partageaient les mêmes centres d'intérêt. Ils avaient un penchant pour l'alcool et la cigarette. Avec Kristen, Rebel ne se prenait jamais la tête, car la jeune fille n'était pas du tout romantique et fleur bleue comme toutes les autres, tout ce qui l'intéressait, c'était faire la fête, fumer et boire de l'alcool. C'était une fille à papa, capricieuse, qui faisait toujours ce qu'elle voulait et ses parents n'avaient plus la moindre autorité sur elle. Elle s'était mise à fréquenter de mauvaises personnes lorsque ses parents avaient divorcé et de là était parti son penchant pour les travers en tout genre.

Elle poussa des cris aigus et agita ses mains lorsqu'elle aperçut Rebel avant de venir sauter à son cou. Elle lui demanda si c'était vrai qu'il avait été exclu et il acquiesça. Elle trouva cela *cool* et l'envia en disant qu'il n'aurait plus à réviser des leçons et à faire des devoirs.

- Tiens, c'est pour toi. Dit-il en lui tendant la rose.

- Oh une rose ! Elle est magnifique ! dit-elle en humant la fleur.

Elle lui demanda où il voulait l'emmener et il lui retourna la question. Elle répondit qu'elle connaissait un endroit tranquille où ils pourraient passer du bon temps ensemble. Ils montèrent dans la voiture de la jeune fille et elle les conduisit dans les bois, à des kilomètres de la ville. Il lui demanda comment elle connaissait cet endroit et elle lui répondit qu'elle avait l'habitude de venir là avec ses amis pour faire la fête et fumer. Elle lui demanda s'il avait de la drogue sur lui et il lui en donna. Elle sauta de joie en lui tendant quelques billets. La jeune fille n'était pas que sa petite amie, elle était également une de ses fidèles clientes et grâce à elle il avait réussi à élargir sa clientèle, des enfants aisés pour la plupart. Elle était l'une des rares personnes à qui il avait confié qu'il était dealer et lui avait demandé de garder cela pour elle, jusque-là elle avait gardé le secret. Il le lui avait surtout dit parce qu'il savait qu'elle était accro à ces substances et qu'elle avait les moyens de se les offrir. Ils passèrent des heures dans les bois à fumer avant de se séparer quelque temps après.

Lorsqu'il rentra chez lui le soir, sa mère qui l'attendait au salon se leva d'un bond lorsqu'il franchit le seuil de la porte. Elle s'approcha de lui, lui demandant ce qu'il avait fait de l'argent qui était dans son portefeuille, mais il fit mine de ne pas savoir de quoi elle parlait.

- Ne me prends pas pour une idiote, Rebel ! Tu ne peux donc pas t'empêcher de voler ? Que veux-tu que l'on fasse maintenant ? Que nous mettions des cadenas dans toutes nos affaires ?

Il l'ignora et la dépassa en direction de sa chambre. Son attitude énerva Espérance qui pressa les pas pour le rattraper et le tira en arrière avec force par la manche de sa chemise.

- Ne me tourne pas le dos quand je te parle ! cria-t-elle. Tu ne crois pas t'en tirer aussi facilement !?

- Lâche-moi ! dit-il, se dégageant avec force et en levant la main pour la frapper, mais se retint en serrant les dents.

Elle le regarda apeurée, les larmes aux yeux.

- Je regrette de t'avoir mise au monde. Je ne te supporte plus Rebel, je t'assure. J'en ai marre de toi. Dit-elle la voix tremblante, à bout de souffle.

Ses paroles touchèrent le jeune homme au plus profond de son être et il la poussa avant de courir s'enfermer dans sa chambre en claquant la porte derrière lui. Chaque fois que sa mère lui tenait des propos aussi durs, cela l'affectait au point qu'il avait envie de commettre plus de délits dans le seul but de la vexer. Elle était plus proche de son frère cadet, Joseph, et n'hésitait pas à montrer qu'elle avait une préférence pour lui. Parfois, il faisait des choses rien que pour lui faire plaisir, pour qu'elle soit fière de lui, comme nettoyer le jardin par exemple ou encore ranger sa chambre comme elle le souhaitait, mais il avait l'impression qu'elle ne le remarquait même pas et n'avait jamais de paroles gentilles à son égard. Elle ne remarquait que ce qu'il faisait de mal et fermait les yeux sur ce qu'il faisait de bien. Une colère envers elle était alors née et il voulait lui faire du mal autant qu'elle le faisait en posant des actes qui l'irritaient comme mettre le volume de sa musique à fond, faire le mur, avoir de mauvaises notes à l'école, voler dans ses affaires. Elle ne réalisait même pas que s'il agissait ainsi c'était entièrement sa faute. Il aimait sa mère plus que tout et souffrait de son indifférence.

Joseph, qui avait assisté à toute la scène derrière la

porte de sa chambre, vint retrouver sa mère une fois son frère partit.

- Ça va, maman ? demanda-t-il affectueusement.

- Oui, Joseph, c'est juste que...

Elle se retint pour ne pas pleurer devant son fils. Elle n'aimait pas se montrer vulnérable devant lui, mais il y avait des jours où elle voulait juste laisser éclater son désarroi et pleurer à chaudes larmes. Elle encadra son visage de ses mains et le regarda tristement.

- Je suis vraiment désolée, mais je ne pourrai plus payer tes cours de musique...du moins pour le moment. Ton frère a encore volé l'argent dans mon portefeuille ce matin.

- Tu es sérieuse ? demanda le jeune garçon, horrifié, les yeux écarquillés.

Elle hocha tristement la tête.

- Il va m'entendre ce salopard, j'en ai marre de toujours payer les frais de sa délinquance !

Joseph, énervé, se dirigea en direction de la chambre de son frère. Sa mère ne l'avait jamais vu dans un état pareil et redoutait ses intentions.

- Joseph, où vas-tu ? cria-t-elle derrière lui.

- Je vais en toucher deux mots à Rebel !

- Surtout pas, reviens ici ! cria Espérance derrière son fils en essayant de le rattraper, mais ce dernier frappait déjà violemment à la porte de son frère.

Elle avait peur que son fils aîné ne lui fasse de mal. Elle savait à quel point il était colérique, mais surtout à quel point il jalousait son petit frère.

- Laisse tomber Joseph, je vais me débrouiller à trouver l'argent pour pouvoir payer tes cours ! supplia-t-elle derrière lui.

- Il faut qu'il sache que nous sommes fatigués de subir ses actes maman !... Rebel, ouvre-moi cette porte ! cria Joseph en frappant de plus belle.

- Il va te faire du mal, murmura Espérance, apeurée.

- Je n'ai pas peur de lui, dit-il les dents serrées.

Rebel ouvrit la porte et les regarda en fronçant les sourcils. Il était surpris de voir son frère devant lui alors qu'ils ne s'adressaient quasiment jamais la parole tous les deux.

- Qu'est-ce que tu veux ? demanda-t-il froidement.

Joseph le poussa violemment et il se retrouva au sol, se tordant de douleur. Il avait été surpris par la réaction de son frère.

- Qu'as-tu fait de l'argent qui était dans le portefeuille de maman ? demanda Joseph rouge de colère.

- Si tu oses encore me toucher de la sorte, je t'assure que je vais te fracasser le crâne. Le menaça Rebel en pointant un doigt vers lui et en se relevant avec difficulté.

- Ah ouais, essaie un peu pour voir ! Tu n'es qu'un sale voleur et on en a marre de toi ! Pourquoi est-ce que tu ne nous laisses pas tranquilles ?... Tu nous gâches la vie ! cria le jeune garçon, les larmes aux yeux.

- Arrête Joseph, intervint sa mère derrière lui.

- Non maman, je ne me tairai plus ! J'en ai marre de tout garder au fond de moi et de subir à chaque fois ses délits. Je n'ai pas participé à mon voyage scolaire parce que tu as décidé de l'inscrire dans un autre établissement après qu'il se soit fait exclure et là encore tu ne pourras plus payer mes cours de musique parce que le bon monsieur a volé l'argent qui était destiné pour çà dans ton portefeuille. Quand est-ce qu'on va encore continuer de le subir ?

Espérance détourna le regard, embarrassée. Elle était entièrement d'accord avec lui, mais ne pouvait rien dire de peur de s'attirer la colère de son fils aîné.

- Sortez de ma chambre. Les menaça Rebel.

- Allons-nous en Joseph. Dit Espérance en le tirant docilement par la main, mais il se dégagea et bondit sur son frère avec furie.

Une violente bagarre éclata entre les deux garçons qui se donnaient à présent de violents coups de poing. Paniquée, leur mère se mit à pleurer et à les supplier d'arrêter, en vain. Rebel avait fini par prendre le dessus sur son jeune frère et lui assenait de multiples coups sans retenue. On avait l'impression qu'une force maléfique avait pris possession de lui en cet instant, tellement il était incontrôlable. Joseph, qui avait du mal à se dégager, gesticulait dans tous les sens. Espérance poussa un cri lorsqu'elle vit du sang couler des narines de son jeune fils et vint se jeter sur Rebel afin de l'empêcher de lui faire davantage de mal, mais il la repoussa avec une telle violence qu'elle alla se cogner la tête la première contre le mur. Elle semblait complètement assommée et il prit peur. Il ne voulait pas lui faire du mal, surtout pas. Joseph saisit ce moment pour se dégager et courut vers sa mère.

- Maman, ça va ? lui demanda-t-il inquiet, en la dévisageant.

Elle hocha la tête en faisant une grimace et en se massant la tête.

- Tu veux qu'on aille à l'hôpital ?

Elle secoua la tête.

- Tu as vu ce que tu as fait ? Tu es content de toi ? Tu aurais pu la tuer ! cria Joseph à l'égard de son frère, les larmes aux yeux.

Rebel recula sous le poids de la culpabilité puis sortit de la maison en courant. Il courait à perdre haleine comme s'il avait le diable à ses trousses et alla se réfugier dans un coin de la rue. Là, il fit tomber sa carapace et se mit à pleurer à chaudes larmes. L'image de sa mère se tordant de douleur comme si elle souffrait le martyre par sa faute lui était simplement insoutenable. Il s'en voulait énormément et espérait qu'elle n'avait rien de grave. Il regrettait son geste, mais avait trop de fierté pour lui demander pardon.

3

———

Un dimanche après le culte, alors que les fidèles se levaient tous en direction de la sortie, Espérance, elle, resta sur son banc à pleurer. Elle ne supportait plus l'atmosphère de sa maison et était encore marquée par ce qu'elle avait vécu la semaine dernière avec ses deux fils. Les voir en venir aux mains avec une telle violence, cherchant à se faire délibérément du mal lui était insupportable et elle se sentait impuissante. Elle ne savait plus comment s'y prendre avec Rebel et implorait Dieu de lui venir en aide. Le pasteur, qui passait par là, l'aperçut et s'excusa auprès de ceux qui étaient à ses côtés pour aller la retrouver.

- Espérance, tout va bien ? lui demanda-t-il avec douceur en posant une main affectueuse sur son épaule.

Elle se retourna pour lui faire face, voulut dire quelque chose puis éclata en sanglots. Elle se mit à pleurer de façon incontrôlée en se couvrant le visage de ses mains, honteuse. Le pasteur réalisa alors que son problème était bien plus grave que ce qu'il pensait et fut saisi de compassion.

- Qu'est-ce qui ne va pas ma chère ?...Tenez, ressaisissez-vous. Dit-il en lui tendant un mouchoir jetable.

Elle se moucha le nez, puis essuya rapidement ses larmes, honteuse de s'être laissée emporter de la sorte.

- Je suis désolée. Dit-elle simplement.

- Vous n'avez pas à l'être. Parfois, il est nécessaire d'exprimer ses émotions comme vous venez de le faire. Nous sommes des êtres faits de chair, ne l'oubliez pas. Lui rappela-t-il en souriant. Vous voulez en parler ?

Elle le regarda un moment, l'air hésitant, avant de prendre la parole.

- C'est mon fils pasteur. Rebel. Il nous fait vivre un calvaire à la maison depuis la mort de son père. J'ai l'impression que plus le temps passe et plus il se rebelle. On dirait qu'il en veut à la terre entière et veut nous le faire payer. Il ne se passe pas un jour sans que nous ne subissions son petit frère et moi ses humeurs et qu'il nous fasse voir de toutes les couleurs. Je ne sais plus comment m'y prendre avec lui. Je suis à bout de force.

- Je vois. Dit-il simplement en hochant la tête et en se frottant les mains.

- Il est très susceptible et a du mal à gérer sa colère. Il a déjà essayé à plusieurs reprises de lever la main sur moi et je ne vous cache pas qu'il me fait peur. J'en suis arrivée à un point où j'ai peur de mon fils, vous vous en rendez compte ?

Il hocha la tête.

- La semaine dernière, il s'est battu avec son frère et j'avais l'impression qu'il allait le tuer sous mes yeux, c'était affreux. Cette image hante encore mes nuits. Dit-elle en détournant le visage et en repensant à la scène.

Elle ferma les yeux puis prit une grande inspiration avant de poursuivre.

- Il y a des jours où je suis tentée de déménager sans rien lui dire ou encore de changer toutes les serrures de la maison en son absence. Il m'arrive parfois d'avoir des idées sombres à son égard et j'en ai honte. J'ai l'impression de ne pas être à la hauteur de ce que Dieu attend de moi.

- Je comprends, mais il ne faut pas que vous vous laissiez tenter par de telles pensées. Dit le pasteur. Il est évident que vous passez par une épreuve difficile, mais n'oubliez pas ce que dit la Bible au sujet des épreuves que nous traversons : il y a toujours une bénédiction qui se cache derrière.

- Quelle bénédiction pourrait-il bien avoir derrière le

calvaire que me fait vivre mon fils au quotidien ? demanda-t-elle exaspérée.

- Pour le savoir, il faudrait que vous teniez ferme. Je sais que ce n'est pas facile, mais demandez à notre Seigneur de vous donner la force nécessaire.

Elle le regarda un moment perplexe avant de hocher la tête timidement. Il lui sourit et tapota son épaule avant de s'en aller.

Rebel devait rencontrer un fidèle client et il accourut aussitôt vers la voiture de ce dernier lorsqu'elle se gara sur le parking du supermarché où ils s'étaient fixés rendez-vous. Il ne l'avait jamais rencontré, toutes les transactions se passaient toujours avec son chauffeur. Il monta dans la voiture, remit le *colis* au chauffeur, et ce dernier lui remit une enveloppe d'argent avant de le remercier.

- Les bons comptes amis font les bons amis, pas vrai ? dit-il en souriant avant de descendre de voiture.

Il alla se mettre dans un coin afin de compter en toute quiétude l'argent qu'il venait de percevoir. En jetant des coups d'œil autour de lui pour s'assurer qu'il n'y avait personne qui l'observait, il aperçut un homme au loin qui regardait en sa direction. Instinctivement, il se retourna et rangea rapidement l'argent dans la poche de son pantalon. Lorsqu'il se retourna, le monsieur n'était plus là. Il fronça les sourcils puis mit sa main en bandou-lière afin de mieux voir, mais il n'y avait plus personne. Il secoua la tête en fermant les yeux, pensant à une hallucination.

Sur le chemin du retour, le jeune garçon n'avait aucune envie de rentrer chez lui dans l'immédiat. Il appela ses amis pour savoir ce qu'ils faisaient, car il voulait passer du temps avec eux, mais ces derniers étaient tous occupés à réviser leurs leçons pour des compositions qu'ils avaient en semaine. Déçu, il décida de traîner encore un peu dans la rue avant de rentrer. Après avoir erré plusieurs minutes, il s'assit sur le capot d'un véhicule et fit sortir de sa poche une photo qu'il regarda durant de longues secondes, ému. C'était celle de son père, il la gardait toujours sur lui et la considérait un peu comme son porte-bonheur. Il aurait tant voulu qu'il soit encore là, parmi eux. Les choses ne seraient sans doute pas ce qu'elles étaient aujourd'hui.

- Tu me manques, papa. Murmura-t-il en déposant un doux baiser sur la photo avant de la ranger dans sa poche et de s'en aller.

Lorsqu'il rentra chez lui, sa mère l'accueillit avec un large sourire en lui disant qu'elle lui avait cuisiné son plat préféré. Il lui répondit froidement qu'il n'avait pas faim et alla s'enfermer dans sa chambre. Quelques secondes plus tard, le volume de la musique retentit dans toute la pièce... comme d'habitude. Espérance poussa un long soupir, exténuée. Après sa discussion avec le pasteur, elle avait décidé de faire plus d'efforts à l'égard de son fils et de lui témoigner plus d'amour et d'attention. Elle réalisait qu'elle n'était pas toujours tendre avec lui et voulait se rattraper. Joseph, qui prenait son dîner dans la salle à manger, assista à la scène et se leva de table en disant qu'il en avait marre. Sa mère le comprenait complètement, ce n'était pas facile pour lui de voir à quel point son frère la traitait de la sorte au quotidien, il devait se sentir impuissant. Ce qu'Espérance regrettait le plus était que ses deux fils ne s'entendaient pas et n'avaient aucune complicité. Elle avait l'impression de vivre avec deux ennemis sous le même toit. Chaque fois que Rebel rentrait à la maison, il y avait comme une tension électrique dans l'air et elle en avait marre, elle voulait que les choses changent. Elle prit place à la salle à manger et adressa une prière à Dieu en lui demandant de faire en sorte qu'ils soient une famille normale et que sa maison soit comme un parfum de bonne odeur.

Le lendemain, alors qu'elle profita de l'absence de Rebel pour faire un peu de ménage dans sa chambre qui était un vrai capharnaüm, elle trouva des CD de musique satanique dissimulés dans ses affaires et elle prit peur. Elle savait que son fils traversait une période difficile et qu'il l'exprimait à sa façon par sa rébellion, mais de là à écouter ce genre musical c'était abusé. Elle commença à réaliser que les choses étaient sans doute bien plus graves que ce qu'elle avait imaginé jusqu'ici. Elle alla s'asseoir sur son bureau et fit des recherches sur ce groupe de musique sur son ordinateur et ce qu'elle découvrit lui donna la chair de poule. C'était un groupe qui vouait un véritable culte au diable et incitait ses adeptes à la violence et au meurtre. Elle entreprit de fouiller alors toute la chambre de son fils pour voir s'il ne cachait pas autre chose et elle tomba sur des objets sinistres enfouis sous ses vêtements. Elle se mit à tourner en rond dans la pièce, tremblant de tous ses membres et en se parlant à elle-même en se demandant de se calmer. Ne sachant que faire, elle décida de prendre conseil auprès de son amie Rebecca qu'elle appela immédiatement.

- Que me conseilles-tu de faire Rebecca ? lui demanda-t-elle, la voix tremblante, après lui avoir tout raconté.

- Déjà tu vas commencer par te calmer, dit son amie à l'autre bout du fil. Qu'as-tu trouvé exactement ?

- Des têtes de mort, des livres occultes, des CD de musique satanique et bien d'autres choses. C'est affreux. Dois-je me débarrasser de tous ces objets à son insu ou dois-je au contraire le confronter en lui disant que je les ai découverts ?

- Se débarrasser de ses objets sans son consentement ne ferait qu'aggraver les choses et vu la relation que vous entretenez tous les deux, je te le déconseille fortement. Lorsqu'il rentrera, demande-lui des explications tranquillement, c'est la seule chose à faire.

- Tu as raison. Approuva Espérance. Merci Rebecca.

- Je t'en prie. Courage et tiens-moi au courant pour la suite.

- Ça marche.

Elle raccrocha et poussa un long soupir en se prenant la tête dans ses mains. Quelques heures plus tard, lorsque Rebel rentra, il la trouva assise au salon, les jambes et les bras croisés. Sur la tablette qui était en face d'elle se trouvait un tas d'objets, mais il ne s'y s'attarda pas. Elle se leva lorsqu'elle le vit et s'approcha de lui d'un pas timide. Il alla se servir à boire dans le réfrigérateur sans prendre la peine de la saluer.

- Bonsoir Rebel, lança-t-elle.

Il répondit à son bonsoir en grognant avant de vider d'un trait le verre de boisson qu'il tenait dans sa main.

- Rebel, il faut que nous parlions. Poursuivit-elle.

- Putain maman ça ne peut pas attendre ? Je ne suis pas d'humeur là ! dit-il en boudant.

- C'est urgent. Dit-elle simplement.

Il poussa un long soupir d'exaspération avant de prendre la parole.

- Très bien, de quoi veux-tu parler ? Qu'est-ce que j'ai encore fait de mal ? demanda-t-il en lui faisant face et en croisant les bras sur sa poitrine.

Elle eut un pincement au cœur, car il donnait l'impression qu'elle ne s'adressait à lui que pour lui faire des reproches. Et visiblement ce serait encore le cas ce soir. Prise de remords, elle voulut renoncer à cette discussion et la remettre à plus tard, mais il était trop tard, elle avait déjà déposé tous ses objets sur la tablette et ne pouvait plus les cacher.

- Rebel, j'ai fait le ménage dans ta chambre ce matin et je suis tombée sur un tas d'objets qui m'ont laissée perplexe. J'aimerais que tu m'apportes quelques explications s'il te plaît.

- De quels objets parles-tu ? demanda-t-il nerveusement.

Elle pointa le doigt en guise de réponse sur les objets qui étaient réunis en tas sur la tablette. Il écarquilla les yeux et accéléra les pas en leur direction, rouge de colère.

- C'est pas vrai, tu fouilles dans mes affaires maintenant ? cria-t-il en se retournant vers elle.

- Je n'ai pas fouillé dans tes affaires Rebel, je les ai trouvées par hasard lorsque je faisais le ménage. Rectifia-t-elle. Qu'est-ce que tout cela signifie ? Tu écoutes de la musique satanique maintenant ? Et c'est quoi tous ces objets occultes ? Ne me dis pas que tu as signé un pacte avec le diable ? Demanda-t-elle la voix tremblante, complètement angoissée.

- Signé un pacte ? Mais qu'est-ce que tu racontes, tu es débile ou quoi ? s'emporta-t-il, furieux que sa mère le soupçonne d'avoir fait une chose pareille.

- J'essaie simplement de comprendre pourquoi tu possèdes tous ces objets Rebel ?

- Cela ne te regarde pas, c'est ma vie ! cria-t-il en tournant sur place et en essayant de maîtriser sa colère en pliant les poings et en serrant les dents.

- Tu es mon fils Rebel et il est de mon devoir en tant que mère de me préoccuper de toi et de savoir ce qui te tracasse au point que tu te sentes obligé...de faire toutes ces choses. Ajouta-t-elle au bord des larmes.

Elle s'approcha de lui et posa une main affectueuse sur son épaule.

- Qu'est-ce qui ne va pas chéri ?... Parle-moi, je t'en prie. Le supplia-t-elle, les larmes coulant le long de ses joues.

- Laisse-moi ! cria-t-il en se dégageant et en allant dans sa chambre en claquant la porte avec violence.

Il ressortit quelques minutes plus tard avec un sac en main.

- Rebel, où vas-tu ? lui demanda-t-elle comme il se dirigeait vers l'entrée principale.

- Je me casse, je ne reste plus ici !

- Tu t'en vas, mais où ? demanda-t-elle paniquée, essayant de le retenir par le bras, mais il se dégagea violemment.

- Là où le vent me mènera... Je préfère encore rester dans la rue plutôt que de vivre ici. Ajouta-t-il en lui lançant un regard sombre avant de sortir.

Anéantie, Espérance se laissa choir au sol et se mit à pleurer à chaudes larmes. Elle pleurait comme elle ne l'a jamais fait, suppliant Dieu de lui venir en aide, car elle n'avait plus la force de vivre toutes ces confrontations au quotidien.

4

Rebel passa plusieurs jours chez Ingrid, une de ses nombreuses conquêtes. Elle était plus âgée que lui et était la maîtresse d'un homme marié qui lui louait ce magnifique appartement dans lequel elle vivait. Elle vint le rejoindre un matin en lui apportant son petit-déjeuner au lit, lui annonçant d'un air triste que ce ne sera plus possible pour elle de l'héberger, car son amant l'avait appelé pour lui dire qu'il viendrait faire un séjour chez elle. Il lui demanda quand il viendrait et elle répondit le lendemain en grinçant des dents. Il comprit et hocha la tête.

Son amant était un homme d'affaires qui prenait soin d'elle et subvenait à tous ses besoins. Mais il était très âgé et elle ne l'aimait pas, elle n'était avec lui que pour son argent. Elle avait des sentiments pour Rebel et lui répétait sans cesse qu'elle était prête à le quitter pour lui, mais ce dernier la décourageait toujours, car il profitait de sa naïveté et de ses sentiments pour lui demander de l'argent et obtenir certaines de ses faveurs. Elle ne lui refusait jamais rien.

De la même manière qu'elle n'aimait pas son amant et profitait juste de son argent, c'était également le cas pour lui à son égard. Il n'était avec elle que par intérêt et n'éprouvait aucun sentiment pour elle, bien qu'elle fût une fille admirable.

Il rentra donc chez lui à contrecœur. Lorsqu'il franchit le seuil de sa maison, sa mère accourut vers lui en lui demandant où il était passé tout ce temps, car elle s'était fait un sang d'encre et ne dormait plus de la nuit. Il ne lui adressa pas la moindre parole et l'écarta de son chemin avant d'aller s'enfermer dans sa chambre et mettre le volume de sa musique à fond.

- Tu vas encore supporter çà longtemps ?

Espérance sursauta au son de la voix de Joseph qui fit son apparition dans la pièce. Le jeune garçon avait assisté à toute la scène et semblait très en colère.

- Tu m'as fait peur Joseph, je ne t'ai pas entendu arriver. Dit-elle en posant une main sur sa poitrine.

- Il n'a aucun respect pour toi et te traite comme de la merde. Reprit-il.

- Ne sois pas grossier, je t'en prie. Dit-elle doucement.

- Il se croit tout permis et pense qu'il peut faire les choses à sa guise, comme bon lui semble. Il a passé pratiquement une semaine dehors sans que nous ne sachions où il était, il ne décrochait pas tes appels alors que tu t'inquiétais pour lui et que tu veillais tous les soirs à attendre son retour. Il rentre aujourd'hui sans prendre la peine de te saluer et la première chose qu'il fait est de nous déranger avec sa musique de merde qui va finir par nous percer les tampons.

Espérance poussa un soupir en se massant les tempes, ne sachant quoi dire.

- Pourquoi est-ce que tu l'encourages dans ses bêtises ? reprit le jeune garçon énervé.

- Que veux-tu que je fasse ?

- Que tu le fiches dehors, ça fera du bien à tout le monde. Il répète sans cesse qu'il préfère vivre dans la rue plutôt qu'ici, donne-lui cette opportunité.

- Je ne peux pas Joseph, dit tristement Espérance. Si je fais ça, il me haïra davantage.

- Mais qu'est-ce que tu en as à faire ? On s'en fiche !

- Ce n'est pas aussi simple que tu le penses chéri. Tu comprendras un jour quand tu auras des enfants. C'est Dieu qui me donne la force de supporter ton frère au quotidien.

Joseph piaffa et monta dans sa chambre en colère.

Rebel prit une douche et sauta par la fenêtre de sa chambre. Le chien des voisins se mit à l'aboyer et à le poursuivre alors qu'il atterrit dans leur jardin, ce qui attira l'attention de la propriétaire qui vint aussitôt guetter par la fenêtre de son salon, écartant les rideaux pour mieux voir ce qui se passait dans son jardin. Son visage se décomposa lorsqu'elle aperçut Rebel escalader son mur pour atterrir de l'autre côté de la rue.

- Je ne sais plus quoi faire de ce maudit garnement ! cria-t-elle, exaspérée.

Le jeune garçon alla retrouver ses amis. Un festival avait été organisé dans la ville et ils s'étaient tous donné rendez-vous là-bas pour passer d'agréables moments ensemble. Quelque temps après, il eut une projection de feux d'artifice, faisant briller le ciel de mille feux. Alors que tout le monde semblait subjugué par ce magnifique spectacle qui s'offrait à eux, Rebel aperçut un homme au loin qui l'observait. Il fronça les sourcils pour mieux le voir, ayant l'impression de l'avoir déjà vu quelque part. Ce monsieur semblait être le même qui l'observait la nuit dernière alors qu'il était sur le parking du supermarché avec son client, mais il n'était pas si sûr. La sonnerie de son téléphone portable le fit sursauter et il le fit sortir de sa poche. C'était sa mère. Il pouffa et ne décrocha pas, le laissant sonner avant de le ranger dans sa poche. Lorsqu'il leva les yeux pour regarder à nouveau en direction du monsieur, ce dernier n'était plus là. Il secoua la tête puis se frotta les yeux, pensant à une hallucination. Il passa toute la soirée à fumer et à boire de l'alcool avec ses amis durant le concert, s'amusant comme des fous. Cela faisait long-temps qu'il ne les avait pas vus et comptait bien profiter de leur présence.

Rebel était rentré au petit matin. Il se leva avec la gueule de bois et alla se faire le petit-déjeuner à la cuisine en s'étirant et en bâillant de façon vulgaire. Il regarda l'heure à la montre qui était au poignet de son bras et vit qu'il était trois heures de l'après-midi. Il fit une grimace en réalisant qu'il avait beaucoup dormi. Son frère était au lycée et sa mère ne tarderait pas à rentrer. Il se dirigea vers le réfrigérateur pour prendre du lait et des œufs, lorsqu'il se retourna, Pachino se tenait derrière lui et il sursauta en laissant tomber au sol ce qu'il tenait dans ses mains.

- Surprise ! dit Pachino.

Rebel était totalement tétanisé, se demandant comment ce dernier connaissait son domicile. Il tremblait de tous ses membres, jetant des coups d'œil à gauche et à droite cherchant à s'échapper, mais malheureusement sa cuisine était encerclée par les acolytes de Pachino qui se tenaient de part et d'autre de la pièce.

- Tu as l'air surpris de me voir. Reprit Pachino d'un ton calme qui lui donna les frissons dans le dos.

- Je...je...balbutia le jeune garçon.

- Tu as perdu ta langue Rebel ?

Il regarda les acolytes de son patron qui se tenaient derrière lui et prit peur.

- Où est mon argent ? demanda ce dernier en articulant chaque mot.

- Je...je ne l'ai pas sur moi, mais je vais te le remettre sans faute, promis. J'ai eu un petit souci et j'ai dû mettre la main dessus, pardonne-moi...je ne le referai plus, je te jure. Ajouta-t-il rapidement, la voix tremblante.

Pachino détourna son visage en prenant une grande inspiration et en se pinçant la lèvre inférieure.

- Tu vois, je ne sais vraiment plus quoi penser de toi. Dit-il. Au début, tu étais un amour et j'étais fier d'avoir pris le risque d'avoir laissé intégrer un si jeune garçon dans mon réseau, chose que je ne fais jamais. Tu as toujours vendu toute ma marchandise et m'a toujours remis mon argent en temps et en heure... Mais ça, c'était avant. Aujourd'hui, j'ai l'impression que j'ai raté quelque chose, un épisode, je ne comprends pas. La dernière fois tu ne m'as pas remis mon argent et tu as cherché à me fuir, je t'ai accordé une seconde chance, car tout le monde a le droit de se racheter, et voilà que tu me fais encore le coup. Je commence par me dire qu'il y a un problème. Cela fait déjà plus de deux semaines que tu ne m'as pas remis mon argent. J'ai alors pensé qu'une petite visite de courtoisie te ferait du bien.

- Pachino, je...

Ce dernier l'empêcha de continuer sa phrase en posant un doigt sur sa bouche. Il recula ensuite et fit un signe de la tête à ses acolytes qui s'approchèrent aussitôt de Rebel en le rouant de coups. Ce dernier était incapable de pousser le moindre cri tellement les coups surgissaient de part et d'autre. Pachino se tenait sur le côté, les bras croisés sur sa poitrine et regardait la scène avec un fin sourire aux lèvres. Une fois qu'il estima que le jeune garçon avait été bien corrigé, il demanda à ses hommes d'arrêter d'un geste de la main. Rebel tomba et suffoqua, le visage ensanglanté. Pachino s'approcha de lui et se courba pour lui faire face.

- Je t'accorde vingt-quatre heures pour me remettre mon argent. Lui dit-il d'un ton menaçant. Si tu oses encore te jouer de moi ne fût qu'une fois, une fois de plus, je te surprendrai de la même manière que je l'ai fait aujourd'hui, mais cette fois-ci je te trancherai la gorge dans ton sommeil. Est-ce que les choses sont claires ?

Rebel hocha vivement la tête. Il lui donna une petite tape sur la joue avant de faire signe à ses hommes de s'en aller. Lorsqu'il arriva devant la porte, il décrocha du mur un petit portrait de famille qui était accroché à l'entrée et l'observa un moment avec le sourire.

- Quelle belle petite famille ! Ce serait vraiment dommage qu'il leur arrive quelque chose par ta faute.

N'est-ce pas Rebel ? dit-il avant de se tourner vers le jeune garçon.

Rebel était incapable de prononcer le moindre mot. Il les regarda quitter la pièce, encore sous le choc. Il se redressa avec difficulté et réussit tant bien que mal à s'adosser sur la chaise qui se tenait devant lui. Il avait fait une bêtise, une énorme bêtise. Il avait dépensé la veille au festival, encouragé par ses amis, tout l'argent de Pachino et comptait le rembourser grâce à l'aide financière d'Ingrid, mais lorsqu'il avait tenté de joindre cette dernière son téléphone était fermé. Généralement cela signifiait qu'elle était avec son amant et qu'il ne fallait pas insister, il savait donc qu'il fallait impérativement trouver un plan B et il se disait qu'il réfléchirait à la manière dont il pouvait se procurer de l'argent aujourd'hui après avoir pris son petit-déjeuner, mais il fallait croire que la petite visite inopinée de Pachino était venue accélérer les choses.

Il tourna en rond dans la pièce, se frottant le menton, cherchant comment rembourser le plus tôt possible l'argent de son tortionnaire de patron. Il l'avait menacé indirectement de s'en prendre à sa famille et çà il ne le tolérerait pas. Il s'était embarqué tout seul dans cette aventure et il ne voulait en aucun cas que sa famille y soit impliquée de quelque manière que ce soit. S'il arrivait du mal à sa mère ou à son frère, il ne se le pardonnerait jamais. Une pensée lui traversa l'esprit et il se dirigea en courant vers la chambre de sa mère, mais la porte de cette dernière fermée, il se dirigea ensuite chez celle de son frère, mais elle était également fermée. Furieux, il donna de violents coups de pied contre le mur. S'il ne trouvait pas une solution maintenant, il craignait le pire, et il n'avait que vingt-quatre heures pour cela. Un sourire se dessina soudain sur son visage. Sa mère lui en voudrait encore, mais il n'avait pas le choix. Chaque fois qu'il avait des soucis pécuniaires et que ses conquêtes ne répondaient pas à ses besoins, il vendait certains articles de la maison. Il se mit donc à tourner à la recherche d'articles à vendre, mais celle-ci était déjà presque vide par sa faute, car il avait vendu presque la moitié du mobilier. Après avoir fait une inspection minutieuse, il décida de vendre la télévision ainsi que son home-vidéo. Il était une fois de plus désolé pour sa mère, mais il n'avait pas le choix, et il faisait aussi cela pour leur bien pour qu'il ne leur arrive rien de mal.

Généralement, lorsqu'il commettait ce genre de délits, il préférait ne pas rentrer chez lui pour ne pas avoir à affronter sa mère. Il préférait laisser le temps passer et réapparaître des semaines plus tard lorsqu'il savait que les tensions seraient un peu plus apaisées. Il quitta la maison emportant avec lui les objets de son forfait.

Il réussit à vendre les articles au marché noir et put rembourser Pachino qui lui donna encore d'autres nigauds de drogue à vendre avec un délai à respecter comme d'habitude. Il soupira, se sentant complètement à la merci de ce dernier et prit la marchandise à contrecœur.

Sur le chemin de retour, il appela une de ses conquêtes qui accepta de le loger durant une semaine pas plus. Il séjourna donc chez cette dernière durant le temps qu'elle lui avait fixé. Lorsqu'il rentra chez lui, il constata que la porte centrale était fermée à clé. Il se dirigea instinctivement vers l'énorme pot de fleurs qui était situé à l'entrée de leur garage, car c'est là qu'ils avaient pour habitude de ranger les doubles de clés. Il s'empara de la clé, mais lorsqu'il l'introduisit dans la serrure pour ouvrir la porte, celle-ci semblait résister. Il fronça les sourcils, ne comprenant rien. Il insista avec force cette fois-ci, mais la clé résistait toujours, après une petite analyse, il constata que la serrure avait était changée et fut sous le choc. Furieux, il donna un violent coup de pied sur la porte. Il décida alors de passer par la fenêtre de sa chambre puis soupira en pensant au fait qu'il fallait encore affronter l'énorme chien de ses voisins pour cela et franchement il n'était pas d'humeur, mais il n'avait pas le choix. Il réussit à atteindre la fenêtre de sa chambre après avoir échappé aux crocs du chien de ses voisins, mais lorsqu'il essaya de l'ouvrir, il constata que celle-ci était verrouillée de l'intérieur. Il n'en revenait pas que sa mère avait fait une chose pareille et lui en voulait, mais en même temps vu son dernier délit cela était compréhensible. Elle en avait sans doute eu marre.

Il avait faim et décida d'aller dans un supermarché voler quelques provisions dans la mesure où il n'avait pas d'argent sur lui. Il tourna dans le magasin à la recherche de rayons où il n'y avait pas de caméra de surveillance puis déroba quelques aliments qu'il enfouit délicatement sous sa veste. Une fois à l'extérieur, il sourit, fier de lui. Cela avait été un jeu d'enfant. Il erra quelques bonnes minutes jusqu'à ce qu'il trouve un petit coin où il pouvait manger en toute tranquillité. Alors qu'il dégustait ses mets avec appétit, il aperçut au coin de la rue le même monsieur qui l'observait. Cette fois-ci, il décida de lui en toucher un mot.

- Eh, vous là-bas ! cria-t-il.

Il se leva d'un bond et courut en direction de ce dernier, sachant pertinemment qu'il n'hallucinait pas et qu'il était bel et bien réel.

- Pourquoi est-ce que vous me suivez, c'est quoi votre problème ? Lui demanda-t-il une fois proche de lui.

Le monsieur le regarda en souriant avant de prendre la parole.

- Ta mère a crié à moi, alors je suis là. Dit-il.

- Ma mère vous a contacté ? Et qu'est-ce qu'elle attend de vous en vous sollicitant ?

- Que je change ton cœur et que je fasse de toi une personne meilleure, car elle souffre terriblement. Expliqua le Monsieur d'un ton serein.

Rebel éclata de rire à la suite de ses propos. Il n'en croyait pas ses oreilles.

- Ça, c'est la meilleure ! Laisse-moi te dire une chose mon gars, il n'y a rien à faire pour mon cas. Dit-il en posant une main sur son épaule. Je suis un rebelle, un vrai. Tout le monde dit et répète qu'il n'y a plus d'espoir pour moi, même ma mère me le dit sans arrêt. Ta mission est donc vouée à l'échec.

- Ça, c'est l'avis des Hommes et non le mien.

Le jeune garçon le regarda un moment perplexe.

- Tu es quoi, un putain de psychologue ? demanda-t-il, curieux.

- Non. Je suis bien plus qu'un psychologue. Répondit le Monsieur sur le même ton serein.

- Tu sais quoi ? J'ai faim et je n'ai pas le temps de faire la causette avec toi alors tu peux t'en aller et me foutre la paix.

Rebel tourna les talons puis se retourna à quelques mètres comme s'il avait oublié quelque chose.

- Je ne veux plus jamais te revoir. Cria-t-il en pointant un doigt menaçant vers lui. Si je te surprends encore à me suivre et à m'observer, je te jure que je vais te fracasser le crâne.

Le Monsieur, aucunement intimidé par ses menaces, le regarda s'en aller le sourire aux lèvres puis tourna les talons.

Rebel retourna chez lui plus tard dans la soirée, mais la maison était toujours fermée et il ne semblait avoir personne à l'intérieur, car toutes les lumières étaient éteintes. Il décida donc de s'asseoir sur le perron, attendant impatiemment le retour de sa mère et de son frère. Il passa des heures devant la porte et ces derniers ne semblaient pas se décider à rentrer. Il ne comprenait rien, car cela n'était pas dans leurs habitudes. Avaient-ils déménagé ? Étaient-ils allés en séjour ailleurs ? Tant de questions défilaient dans sa tête et cela l'irritait de ne pas avoir de réponses claires. Il prit son téléphone portable et composa leurs numéros, mais aucun d'eux ne décrocha, cela commençait sérieusement par l'énerver. Il jeta son téléphone au sol sous l'effet de la colère puis finit par se ressaisir en le ramassant et en composant le numéro de ses copains pour savoir si l'un d'eux pouvait bien l'héberger, mais aucun d'eux n'accepta, navrés, car il ne jouissait pas d'une bonne réputation auprès de leurs parents. Il comprit et n'insista pas. Il décida alors de passer en revue son répertoire à la recherche de quelques conquêtes qui, elles, accepteraient bien le faire. Il sourit en appelant la première.

- Tu es sérieux lorsque tu me demandes de t'héberger Rebel ? La dernière fois que je l'ai fait, tu as volé de l'argent dans mon portefeuille. Non, mais quel culot ! dit-elle en lui raccrochant au nez.

Il grimaça en fixant son téléphone un moment avant de composer un autre numéro.

- Rebel, je suis désolée, mais chaque fois que tu viens chez moi tu fous le bazar et çà, ce n'est plus possible. Je ne peux plus, désolée.

Cette dernière raccrocha. Il consulta encore son répertoire et sourit en pensant à Ingrid, elle était son seul espoir et espérait que son téléphone passait maintenant. Il appela la jeune fille et sauta de joie lorsqu'elle décrocha.

- Salut bébé, comment tu vas ? lui demanda-t-il d'un ton enjoué.

- Que veux-tu Rebel ? demanda-t-elle froidement.

Son sourire se figea net au son de la voix de la jeune fille, elle qui d'ordinaire était toujours joyeuse lorsqu'il l'appelait.

- J'ai un service à te demander ma douce, j'aurai besoin que tu m'héberges encore quelques jours, car j'ai un petit souci en ce moment et j'ai besoin d'un toit où dormir.

Son interlocutrice resta silencieuse derrière le combiné.

- Ingrid ? ...Tu m'as entendu ? demanda-t-il comme elle ne disait rien.

- Je t'ai parfaitement entendu Rebel. Finit-elle par répondre. Mais dis-moi, pourquoi est-ce que tu ne demanderais pas ce *service* à l'une de tes multiples conquêtes ?

- Pardon ? demanda-t-il comme s'il n'avait pas bien entendu.

- Après tout ce que j'ai fait pour toi, tu n'imagines pas à quel point j'ai été déçue de découvrir que tu n'es qu'un sale coureur de jupons !

- Mais qu'est-ce que tu racontes ? Je ne comprends rien.

- Tu sais très bien de quoi je parle, ne joue pas à l'innocent avec moi. Tu peux demander à tes autres conquêtes de t'héberger, car je ne le ferai pas... je ne le ferai plus. C'est fini Rebel, tu m'as déçue.

Elle raccrocha sur ce, sans prendre la peine de le laisser s'expliquer. Il se retrouva donc seul et confronté à lui-même dans la rue et était contraint de dormir à la belle étoile. Il décida d'errer un peu avant de se trouver un endroit où dormir.

Il passa devant un magasin et regarda son reflet sur l'énorme vitre en face de lui et fut dégoûté par ce que lui renvoyait son image. Il n'avait plus rien à voir avec le jeune garçon qu'il était jadis et avait du mal à se reconnaître lui-même. En face de lui se tenait un jeune garçon au look rebelle, tatoué, teinture sur une partie de sa chevelure, boucle d'oreille. Le look typique du mauvais garçon, cela n'était pas surprenant que les parents de ses amis ne voulussent pas de lui chez eux. Il voulait quelques fois faire marche arrière et retrouver une vie normale, comme autrefois, arrêter tous ces frasques et ces excès en tout genre, mais il avait l'impression de s'être laissé entraîner dans une espèce de spirale abominable.

Il s'aménagea un coin dans la rue où dormir. Alors qu'il était plongé dans les bras de Morphée, il sentit quelqu'un fouiller ses poches et se réveilla en sursaut. Là, il se retrouva en face d'un jeune homme qui à première vue semblait être un agresseur. Il tenait un couteau dans sa main qu'il pointait dans sa direction et lui demanda d'un ton menaçant de lui donner tout ce qu'il avait sur lui.

- Tu es tombé sur la mauvaise proie mon gars, je suis aussi fauché qu'un rat d'égout, dit Rebel en levant ses mains et en reculant.

- Donne-moi tout ce que tu as sur toi salopard ! cria l'agresseur.

Rebel le regarda, intrigué. Ce dernier ne cessait de renifler et n'avait pas l'air dans son état normal. Il ne fallut pas du temps au jeune garçon pour comprendre qu'il était sous l'effet de la drogue.

- Tu as entendu ce que je viens de te dire ? Je n'ai rien ! Nada !

Pris de colère, son agresseur s'approcha alors vers lui en criant et en essayant de lui enfoncer son couteau. Rebel détourna son visage instinctivement et mit ses mains devant lui par réflexe. Il s'attendait à sentir la lame du couteau sur sa peau, mais rien ne se produisit. Il regarda alors d'un air hésitant en direction de son agresseur et constata avec stupéfaction que ce dernier semblait lutter contre une force invisible pour pouvoir le tuer. Il essayait de toutes ses forces de lui enfoncer son couteau, mais n'y arrivait pas, comme si quelque chose le retenait. Rebel semblait aussi effrayé que lui et lorsqu'il regarda autour de lui cherchant à appeler à l'aide, il aperçut le mystérieux Monsieur au coin de la rue qui fixait intensément son agresseur. Son regard partait de l'un à l'autre et il se demandait si ce n'était pas ce dernier qui était à l'origine de ce qui était en train de se produire sous ses yeux. Rusé, il décida de tourner cette situation en sa faveur. Il prit alors un air courageux, bomba son torse et fixa son agresseur d'une façon méchante en plissant les yeux. Ce dernier las de lutter prit peur et s'en alla en courant. Rebel sauta de joie et courut en direction de l'Homme.

- Attends, c'est quoi ce délire ? C'est toi qui es derrière tout ça ? demanda-t-il, à la fois ahuri et impressionné.

- Derrière quoi ?

- Tu sais très bien de quoi je parle. J'ai vu comment tu le regardais et comment est-ce qu'il n'arrivait pas à m'enfoncer son couteau alors qu'il mourait d'envie de le faire. On aurait dit qu'une force invisible le retenait. C'est toi, j'en suis sûr, pas vrai ?

- Oui. Répondit-il simplement.

- Je le savais ! cria Rebel, excité comme un gamin.

Comment est-ce que tu arrives à faire cela ? Comment se fait-il que tu puisses neutraliser un méchant de la sorte ?

- Cela fait partie de ma puissance. Les méchants ne me résistent pas. Expliqua-t-il d'un ton des plus naturels.

- Les méchants ne te résistent pas ?!

Le jeune garçon se mit à rire aux éclats.

- Excuse-moi, mais avec ta tête de saint, on a l'impression que tu ne ferais même pas de mal à une mouche !

Il retourna arranger le lieu où il dormait, suivi de près par son nouveau protecteur qui lui demanda ce qu'il faisait dans la rue à cette heure de la nuit.

- Je n'avais aucune envie de rentrer chez moi alors je suis venu ici fumer quelques cigarettes, mais j'ai fini par m'endormir comme un idiot. Mentit-il.

Le jeune garçon avait honte d'avouer qu'il était à la rue et n'avait par conséquent aucun endroit où dormir. L'Homme, sourit, amusé. Rebel lui tourna le dos quelques secondes tout en continuant de lui parler et lorsqu'il se retourna ce dernier n'était plus là. Il paniqua et courut le chercher dans les alentours, mais aucune trace de lui. Il fronça les sourcils et prit peur.

- C'est quoi de délire putain ? Murmura-t-il, intrigué, les yeux écarquillés.

Il dormit ce soir-là d'un œil s'attendant à se faire agresser à tout moment. Le lendemain, tandis qu'il était profondément endormi, il sentit une présence au-dessus de lui. Il ouvrit les yeux et son regard croisa celui d'un monsieur qui n'avait pas l'air d'avoir pris un bain depuis belle lurette. Lorsqu'il ouvrit la bouche pour parler, Rebel grimaça et crut qu'il allait vomir tellement ce dernier avait mauvaise haleine.

- Qu'est-ce que tu fais chez moi ? cria ce dernier, visiblement en colère.

- Eh mec, achète-toi une brosse à dents, putain ! dit le jeune garçon en détournant le visage et en prenant un air de dégoût.

- Tu te crois mieux que moi ?

- Moi au moins, je n'ai pas mauvaise haleine ! rétorqua-t-il.

- Fiche le camp d'ici, tu es chez moi ! cria le vieux clochard en le relevant par le col de sa chemise.

- Eh, tu me fais mal ! dit Rebel en essayant tant bien que mal de se dégager.

Le vieux monsieur était bien plus fort que ce qu'il paraissait.

- Je ne veux plus jamais te revoir par ici ! Tu es sur mon territoire ! dit le clochard en le poussant.

Rebel regarda autour de lui et ne vit rien à part une rue déserte.

- Mais de quel territoire parles-tu ? Il n'y a aucune habitation dans les parages, nous sommes en pleine rue !

- Justement, tu es dans mon *coin* de rue ! dit le vieil

homme en pointant du doigt l'endroit où le jeune garçon se tenait. On voit bien que tu es nouveau par ici ! Allez, va-t'en maintenant !

Rebel, prit ses affaires et s'en alla précipitamment. Décidément, il ne comprenait strictement rien, même le vulgaire *coin* de rue était réservé, il n'en croyait pas ses oreilles. Il erra toute la journée jusqu'à ce qu'il vît deux jeunes garçons recroquevillés dans un coin, tremblotant de tous leurs membres et soufflant dans les paumes de leurs mains pour se réchauffer. Il eut pitié et s'approcha d'eux.

- Eh, ça va ? leur demanda-t-il.

Ils hochèrent la tête en tremblant.

- Est-ce que vous pouvez nous avoir une pièce s'il vous plaît ? Nous avons faim, dit l'un d'eux.

Rebel fouilla dans sa poche et fit sortir la dernière pièce qui lui restait qu'il remit au jeune garçon. Ce dernier se leva d'un bond, imité par son ami et les deux jeunes garçons le remercièrent infiniment avant de s'en aller en courant.

- Vous avez commis une erreur. Dit une voix derrière lui.

Le jeune garçon se retourna vivement et se retrouva en face d'un monsieur, qui semble-t-il, paraissait être un SDF. Il tenait une bouteille de whisky dans sa main et était adossé contre une voiture. Rebel fut choqué de constater qu'ils étaient nombreux dans la ville et de tous âges confondus.

- Pourquoi ? demanda-t-il en dévisageant le monsieur.

- Ces garçons sont de jeunes toxicomanes. Ils font la manche à longueur de journée pour pouvoir s'acheter du crack.

- Ils m'ont dit qu'ils avaient faim, j'ai cru...

Il ne termina pas sa phrase, comprenant que la faim dont il parlait n'était pas ce qu'il croyait.

- Vous savez tout compris, dit le monsieur qui avait deviné ses pensées. Ils ont été dans plusieurs centres d'hébergement, mais ont toujours fini par s'échapper alors que beaucoup donneraient de leur vie pour pouvoir intégrer ces fichus centres.

- Des centres d'hébergements ? Il y en a beaucoup par ici ? demanda-t-il, intéressé.

- Il y en a deux ou trois.

- Quelles sont les conditions pour les intégrer ?

- Bah, déjà il faut être à la rue ! dit le monsieur en riant.

- Vous...vous pouvez m'indiquer leurs localisations ? demanda Rebel, hésitant.

Le monsieur le dévisagea un long moment avant de reprendre la parole.

- Dis donc, tu as l'air vachement intéressé !

- Euh, c'est que...

- Pas besoin de te justifier mon garçon. À chacun son

histoire ! dit le monsieur qui comprit qu'ils étaient proba-
blement dans la même situation, malgré les apparences.

Il lui indiqua où se situaient ces centres d'hébergement
et Rebel le remercia avant de s'en aller. Le monsieur l'observa longuement avant de secouer la tête, ahuri.

- J'y crois pas, ils sont de plus en plus jeunes à vivre
dans la rue ! Dit-il avant de porter sa bouteille de whisky à
sa bouche.

Rebel priait au fond de lui d'avoir la chance d'être
accepté dans l'un de ces centres d'hébergement. Sa
première expérience de la rue l'avait traumatisé et il ne
voulait plus être confronté à toutes ces péripéties. Il se
rendit dans le premier centre et on lui dit qu'il n'y avait
malheureusement plus de place disponible, mais qu'on
pouvait néanmoins lui avoir un repas chaud, mais il refusa
et s'en alla. Il se rendit alors dans les autres centres, mais
ce fut la même chose. Il fut choqué de constater le nombre
important de personnes qui vivaient dans la rue et
faisaient la queue dans ces centres juste pour avoir à
manger. Il eut un pincement au cœur de savoir qu'il était
compté parmi ces gens et commençait par regretter sérieusement sa maison.

Le soir, il chercha un endroit où dormir et s'aménagea
un petit coin tranquille. Il s'allongea sur le dos, les bras
croisés derrière sa nuque en repensant aux deux jeunes
toxicomanes qu'il avait croisés ce matin. Ils lui avaient vrai-

ment fait de la peine, car ils étaient visiblement de la même génération. Il ne souhaitait pas en arriver là un jour. Eux faisaient l'aumône pour pouvoir s'acheter du crack, mais lui le ferait certainement pour pouvoir s'acheter à manger étant donné qu'il n'avait plus d'argent sur lui. Il secoua la tête afin de chasser cette pensée et refusa de se rabaisser à ce point. Il préférait encore voler dans les magasins comme il avait l'habitude de le faire plutôt que de demander de l'argent aux passants. Son ventre gazouilla, lui rappelant qu'il avait faim et qu'il n'avait pas mangé de la journée. Il s'endormit avec l'intention de voler quelques provisions le lendemain dans un magasin.

5

Lorsque Rebel se réveilla, l'Homme se tenait à côté de lui et le fixait en souriant. Le jeune garçon s'étira en bâillant et sursauta lorsqu'il le vit à ses côtés.

- Qu'est-ce que tu fais là ? Tu m'as fait peur, putain ! dit-il en poussant un soupir, la main posée sur sa poitrine.

- Je t'ai apporté des provisions et quelques affaires de toilettes.

Rebel fixa les affaires qui étaient posées à côté de lui et regarda son interlocuteur, ébahi. Il pensait qu'il avait l'intention de les lui vendre étant donné que tout le monde cherchait à obtenir de l'argent dans la rue.

- Je n'ai pas d'argent à te donner. Dit-il froidement, en détournant le visage, désintéressé.

- Je ne te demande pas de l'argent.

Le jeune garçon, surpris, se retourna vers lui en fronçant les sourcils.

- Pourquoi est-ce que tu me les offres alors ? demanda-t-il, curieusement.

- Parce que j'ai devancé tes pensées. Je savais que tu avais l'intention d'aller voler dans un magasin aujourd'hui alors je t'ai apporté ces affaires pour que tu ne puisses pas commettre ce délit.

- Et qu'est-ce que cela peut bien te faire que j'aille voler ou pas ?

- Je suis là pour que tu changes, ne l'oublie pas.

Le jeune garçon éclata de rire.

- Tu prends vraiment ta mission au sérieux mon gars !

- C'est ma nature d'être fidèle dans mes engagements.

- Heureux pour toi ! Dans tous les cas, je te remercie, car j'ai une faim de loup.

Il saisit le sac et étala au sol les provisions qu'il y avait à l'intérieur. Il fut agréablement surpris par son contenu. Il y avait un sandwich, des biscuits, une bouteille d'eau, des jus de fruits, une brosse à dents et une pâte dentifrice.

- Waouh ! Tu as vraiment pensé à tout, c'est gentil. Le remercia-t-il d'un ton sincère. Tu veux un morceau ? lui demanda-t-il en lui tendant le sandwich.

Le Monsieur secoua la tête en signe de négation.

- Tu es sûr ? Parce que j'ai une faim de loup et que j'ai un gros estomac. Je te promets que je vais engloutir tous ces aliments en un laps de temps que tu ne vas rien comprendre ! Alors ? insista-t-il, mais l'Homme resta sur sa position.

Rebel haussa alors les épaules et se mit à déguster tous ces mets avec appétit.

- Au fait, la nuit dernière tu m'as fait grave flipper. Tu as littéralement disparu sous mes yeux. Enfin, quand je dis disparu, c'est exagéré c'est juste que je n'ai rien compris, à peine j'ai tourné le dos deux minutes que tu n'étais plus là. Je t'ai cherché partout du regard, mais aucune trace de toi. Dit le jeune garçon en mangeant avec gourmandise, la bouche pleine. Ça t'amuse d'apparaître et de disparaître de la sorte ? reprit-il.

Le Monsieur se contenta de sourire en le fixant.

- Tu es muet ou quoi ?... Quoi qu'il en soit, ne refais plus jamais ça, car c'est vraiment flippant je t'assure !

Lorsqu'il eut fini de manger, il se leva, se lava le visage et se brossa les dents avant de ranger ses affaires.

- Il faut que je rentre chez moi maintenant, je me suis encore endormi dans la rue comme un idiot. Ma mère doit se faire un sang d'encre. Mentit-il.

Lorsqu'il tourna dans la rue, il aperçut la voiture de Pachino et fit rapidement demi-tour le souffle coupé. Il eut peur et suffoquait, la main posée sur sa poitrine. Heureusement que les hommes de ce dernier ne l'avaient pas vu. Il avait vendu toute la drogue qu'il lui avait remise la dernière fois, mais avait dépensé l'argent. Maintenant que la porte de chez lui était fermée et qu'Ingrid avait mis un terme à leur idylle, il ne savait plus comment faire pour se procurer de l'argent.

Il en avait marre d'être à la rue. Le fait qu'il n'ait plus de toit où dormir l'exposait à son patron et dans la mesure où il n'avait pas l'argent de ce dernier, ce n'était pas bien pour lui. Il fallait impérativement qu'il trouve un endroit où loger. Il se mit alors à réfléchir puis un sourire se dessina sur ses lèvres.

Rebel se souvint d'une dame, Pamela, qui lui faisait la cour et l'invitait souvent chez lui. Il avait toujours refusé ses avances, car elle était plus âgée que lui et physiquement elle n'était pas du tout son genre, mais là il n'avait pas le choix. Il se rendit chez elle et frappa à sa porte en prenant une grande inspiration. Cette dernière fut surprise de le voir lorsqu'elle ouvrit la porte.

- Surprise ! dit-il en agitant les mains et s'efforçant de sourire.

Elle le dévisagea un moment avant de prendre la parole.

- Enfin, tu te décides à venir me rendre visite... Puis-je savoir quel est ton motif ? demanda-t-elle en lui rendant son sourire.

- Pour le savoir, il faudrait d'abord que tu m'invites à

entrer chez toi...enfin, si tu le désires, dit-il d'un ton charmeur.

- Oh bien sûr, vas-y entre ! Quel manque de courtoisie ! Dit-elle en se donnant une petite tape sur le front et en s'écartant pour le laisser entrer.

Il entra dans la pièce en priant au fond de lui qu'elle accepte de bien vouloir l'héberger. Il espérait que son petit jeu de séduction joue en sa faveur.

- Tu es toujours aussi belle, c'est incroyable, dit-il en la dévisageant et en s'asseyant confortablement sur le fauteuil.

Cette dernière rougit en détournant le visage.

- Tu cherches juste à me flatter, petit coquin ! Dit-elle en allant lui chercher une boisson rafraîchissante dans le réfrigérateur qu'elle lui tendit.

- Merci, c'est gentil, la remercia-t-il avant de boire sa boisson à grosses gorgées.

Elle prit place à ses côtés et le dévisagea longuement avec le sourire avant de prendre la parole.

- Alors, je t'écoute. Que me vaut l'honneur de ta visite ?

- J'ai eu envie de te voir, c'est tout. Après tout le temps que tu m'invites à passer chez toi, je me suis dit pourquoi pas ? J'ai réfléchi et je me suis dit qu'il serait peut-être temps qu'on apprenne à mieux se connaître... À moins qu'il soit trop tard ?

Elle rougit puis détourna le visage en souriant, en secouant la tête.

- Tu sais je suis quelqu'un de très déluré, et je pense que tu l'es aussi. J'ai envie de faire quelque chose de fou, d'incroyable, pour te prouver à quel point j'ai envie de te connaître davantage.

- Vas-y, je t'écoute. Dit-elle intéressée.

- J'ai fait mes bagages, fermé la porte de ma maison et je suis venu ici. J'aimerais rester ici un moment, passer du temps avec toi...rien qu'avec toi.

- Waouh ! Tu es vraiment déluré. Dit la jeune femme à la fois stupéfaite et enchantée.

- Alors ?

Elle réfléchit un bref instant puis sourit en hochant la tête.

- Tu peux rester le temps que tu voudras, dit-elle d'un sourire coquin.

- C'est parfait, dit Rebel en lui rendant son sourire.

Le jeune garçon logea chez sa prétendante et cela lui fit du bien de retrouver un cadre de vie normal. Il savait qu'il avait joué avec les sentiments de la jeune femme, mais il n'avait pas eu le choix. Le fait d'avoir vu Pachino l'avait totalement déstabilisé et il n'était pas prudent pour lui de rester dans la rue dans la mesure où il n'avait pas son argent. Il lui avait déjà pardonné deux fois et il savait que la troisième fois serait fatale pour lui.

Quelques jours plus tard, alors qu'il dormait paisible-
ment sous sa couverture, Pamela vint le réveiller en disant
qu'il fallait qu'elle s'absente urgemment dans le cadre de
son travail. Il lui demanda pour combien de temps elle se
déplaçait et elle lui répondit pour deux semaines.

- Pour deux semaines ?! C'est vachement long, dis donc
! Qu'est-ce que je vais faire tout ce temps sans toi ? dit-il en
prenant un air triste.

En réalité, il jubilait au fond de lui. L'absence de la
jeune femme lui ferait le plus grand bien, car il la trouvait
ennuyante et collante, et en plus, il aurait sa maison pour
lui tout seul.

- Je suis autant surprise que toi, c'est tellement
soudain. Dit-elle, attristée. Je peux renoncer si tu le
souhaites ?

- Surtout pas ! dit-il rapidement. On ne joue pas avec le
travail et je suis un grand garçon. Je vais me débrouiller
tout seul.

- Je peux compter sur toi pour prendre soin de ma
maison ?

- Bien sûr, pour qui me prends-tu ?

Elle sourit puis déposa un baiser sur ses lèvres avant de
s'en aller. Lorsqu'elle sortit de chez elle avec ses bagages,
Rebel sauta de joie dans toute la maison. Il mit la musique
à fond et se mit à danser en sautant sur les fauteuils. Il
aurait la maison pour lui tout seul durant deux semaines,

quel bonheur ! Il alla se chercher une bière dans le réfrigérateur, s'assit confortablement sur le fauteuil en croisant les jambes sur la tablette en face de lui puis alluma la télévision. Il voulait savourer chaque seconde de sa liberté.

Le jeune garçon profita de l'absence de Pamela pour inviter ses conquêtes à venir passer du temps avec lui. Il s'ennuyait tout seul dans cet appartement et avait besoin de compagnie pour se détendre. Un jour, alors qu'il raccompagnait à la porte l'une d'entre elles qui avait passé la nuit avec lui et s'en allait au petit matin, il fut surpris d'entendre frapper quelques instants plus tard. Il courut aussitôt ouvrir en pensant que cette dernière avait oublié quelque chose puis son sourire se figea instantanément lorsqu'il vit l'Homme. Il était complètement sous le choc de le voir là en face de lui.

- Toi ?... Comment est-ce que tu as su que je me trouvais ici ? demanda-t-il, ahuri.

- Je sais tout. Répondit-il simplement en souriant.

- Je t'aurais bien invité à entrer, mais le truc c'est que... je ne suis pas chez moi. Dit-il, gêné en se grattant la tête.

C'était une façon gentille pour le jeune garçon de ne pas le laisser entrer, car il ne voulait pas de sa compagnie, mais son invité ignora sa remarque et s'introduisit tout de même dans la maison. Rebel leva les yeux au ciel en soupirant puis referma la porte derrière lui.

- Fais comme chez toi !

Son invité s'arrêta au milieu de la pièce puis se retourna vers lui en le dévisageant.

- Je t'offre à boire ? demanda Rebel.

Il secoua la tête.

- Que puis-je faire pour toi dans ce cas ?

Il le dévisagea un moment avant de prendre la parole.

- Ce n'est pas très respectueux de ta part d'inviter d'autres personnes ici alors que ton amie a eu l'amabilité de bien vouloir t'héberger.

- De quoi est-ce que tu parles ? demanda le jeune garçon en fronçant les sourcils.

- Tu sais très bien de quoi je parle.

- Comment sais-tu que j'invite des filles ici ? demanda-t-il à la fois surpris et curieux.

- Tu l'as dit toi-même.

- Ne joue pas au plus malin avec moi, est-ce que tu m'espionnes ? s'énerva Rebel. Pourquoi est-ce que tu me suis ?

- Je te l'ai déjà dit, pour...

- Pour que je change, blablabla ! cria le jeune garçon en terminant sa phrase. Si tu es venu ici pour me faire la morale alors tu peux t'en aller !

- Tu moissonneras ce que tu auras semé. Poursuivit l'autre.

- Tu sais quoi, tu me gonfles ! dit Rebel, énervé en se

dirigeant vers la porte qu'il ouvrit grandement. Allez, va-t'en !

Il l'observa un moment avant de sortir. Rebel claqua la porte derrière lui.

- Non, mais pour qui il se prend, lui ? Venir jusqu'ici rien que pour me donner des leçons de morale ! Et puis quoi encore ! dit le jeune garçon en piaffant avant de s'asseoir sur le fauteuil et d'allumer la télévision.

Quelques jours plus tard, alors que Rebel était en train de s'amouracher avec l'une de ses conquêtes devant la télévision, la porte du salon s'ouvrit avec fracas et il bondit du fauteuil instinctivement. C'était Pamela. Elle était rouge de colère et lui lança un regard sombre, ses yeux allant de lui à sa conquête qui tremblait comme une feuille en s'agrippant à lui.

- Pamela ?! dit-il, surpris.

- C'était donc vrai ce qu'on m'a dit ? Que tu ramènes des filles chez moi en mon absence. Je ne le croyais pas, puis j'ai voulu vérifier par moi-même. Comment oses-tu Rebel ? demanda-t-elle en serrant les dents.

- Je vais tout t'expliquer. Dit-il en repoussant doucement sa conquête qui ne cessait de s'agripper à lui l'air effrayé.

Pamela dévisagea cette dernière, la rage au ventre.

- Toi, va-t'en ! cria-t-elle.

La jeune fille ramassa rapidement ses affaires puis s'en alla en courant.

- Alors, qu'est-ce que tu as à dire pour ta défense ? Je suis curieuse d'entendre l'idiotie que tu vas me raconter ! Dit-elle en s'avançant vers lui les poings serrés.

Le jeune garçon recula à chaque pas qu'elle faisait de peur de se prendre son poing sur le visage.

- Je...je...

Il ne trouva aucune excuse à dire sur le moment tellement il était décontenancé.

- Je m'en doutais. Tu n'es qu'une petite vermine.

Elle alla prendre ses affaires dans la chambre qu'elle jeta dehors avant de le pousser avec violence vers la sortie. Elle lui conféra une série d'injures avant de claquer la porte derrière lui. Rebel ramassa ses affaires, embarrassé, puis s'en alla. Il avait vraiment déconné et s'en voulait véritablement.

À la tombée de la nuit, il aménagea confortablement le petit coin où il avait prévu dormir. Alors qu'il était en train de se laver le visage et se brosser les dents, prêt à dormir, il sentit une présence derrière lui, lorsqu'il se retourna, il vit l'Homme. Il commençait par s'habituer à ses étranges apparitions et se contenta de soupirer en secouant la tête.

- Qu'est-ce que tu veux ? Je suppose que tu es venu te moquer de moi, maintenant que je suis de nouveau à la rue, dit le jeune garçon exténué.

Ce dernier se contenta de le dévisager.

- Quand je pense que j'avais un endroit bien au chaud où je logeais, mais par ta faute je me retrouve là ! se plaignit-il.

- Comment ça par ma faute ?

- À ton avis, qui a informé Pamela que je faisais venir des filles chez elle ? Je sais que c'est toi, ne le nie pas ! Personne d'autre à part toi ne savait que je logeais là-bas. Je suppose que tu voulais me punir et me donner une belle leçon... comme tu aimes si bien le faire. L'accusa le jeune garçon.

- Ne penses-tu pas que c'est son voisinage qui le lui a dit ? Tu n'étais pas très discret. Tu as joué avec le feu et tu t'es brûlé.

Il tendit quelque chose au jeune garçon.

- Qu'est-ce que c'est ? demanda ce dernier d'un air méfiant.

- Une couverture.

Rebel la dévisagea un moment avant de la prendre avec un air d'hésitation.

- C'est ma mère qui te donne de l'argent pour m'acheter et m'amener toutes ces choses ? demanda-t-il.

- Non.

- Pourquoi est-ce que tu le fais alors ? demanda-t-il d'un ton méfiant.

- Parce que je t'aime et que je me soucie de toi tout simplement.

Sa réponse donna des frissons au jeune homme. Cela faisait longtemps que quelqu'un lui avait dit qu'il l'aimait. Il fut touché au début puis trouva cela étrange.

- Comment peux-tu prétendre m'aimer alors que tu ne me connais même pas ? demanda-t-il en trouvant sa réponse complètement aberrante.

- Oh je te connais, bien plus que tu ne le penses. Répondit l'autre en souriant.

- Si c'est parce que tu passes tout ton temps à m'épier que tu penses me connaître, tu te trompes mon gars.

Il s'assit à même le sol, remonta la couverture jusqu'à ses genoux puis alluma une cigarette qu'il fuma.

- Tu dis que tu m'aimes n'est-ce pas ? Mais lorsque tu apprendras toutes les choses que j'ai faites, je t'assure que tu ne prendras plus autant de plaisir à me venir en aide, au contraire tu me fuiras même, dit le jeune garçon qui voulut l'impressionner.

- Je connais chacune de tes actions, depuis ta naissance jusqu'à aujourd'hui.

Le jeune garçon le regarda intrigué, commençant à se poser sérieusement des questions sur son identité.

- Tu sais que tu es chelou ?... Au fait, c'est quoi ton nom ? demanda-t-il curieux.

- Dieu.

Le jeune garçon faillit s'étrangler avec sa cigarette qu'il écrasa au sol avant de tousser puis de rire aux éclats.

- Pardon ?! demanda-t-il en essayant de reprendre ses esprits.

Son interlocuteur le regarda d'un air serein.

- Sérieux, tu t'appelles Dieu ?

Il hocha la tête.

- Tes parents sont complètement cinglés de t'avoir donné un prénom pareil ! C'est vrai que le rêve de tout parent est d'avoir un enfant modèle, mais de là à te prénommer Dieu c'est abusé ! Quoique...ce prénom te sied plutôt bien, vu ta tête de saint. Dit Rebel en se moquant de lui.

- Cela n'a rien à voir avec ce que tu penses, je suis réellement Dieu.

Rebel partit dans un fou rire interminable. Il n'avait jamais rien entendu d'aussi absurde et ce qui l'amusait le plus était que son interlocuteur était très sérieux lorsqu'il prétendait une chose pareille.

- Tu sais que tu es en train de blasphémer et que c'est un péché ? reprit-il. Sérieux mec, même moi qui ne suis pas religieux, je sais qu'il ne faut pas plaisanter avec ce nom-là. Moi encore je peux aller en enfer ce n'est pas grave, de toutes les façons je suis déjà condamné, mais toi ! Tu es trop saint pour aller là-bas, je te jure.

Il s'alluma une autre cigarette avant de reprendre la parole.

- Dis-moi, si tu es vraiment Dieu comme tu le prétends, pourquoi est-ce que tu quitterais ton trône et le paradis où tu vis pour venir dans ce monde de fous perdre ton temps avec un gars comme moi ? Pourquoi est-ce que tu le ferais, hein ?

- Par amour. Répondit-il simplement.

Rebel le regarda amusé puis éclata de rire à nouveau. Il avait l'impression que quelque chose ne tournait pas rond dans la tête de ce Monsieur et commençait sérieusement par se demander s'il était saint d'esprit.

- Tu as fait ma soirée, je t'assure. Dit-il avant de se coucher et d'écraser sa cigarette. Allez, moi je me couche. Bonne nuit...*Dieu*. Ajouta-t-il, amusé.

6

Rebel retourna quelques plus jours tard chez lui et il fut soulagé de voir sa mère. Elle était visiblement en train de sortir et se dépêcha de fermer la porte à clé lorsqu'elle le vit.

- Salut maman. Lança-t-il.
- Bonjour Rebel.

Elle rangea les clés dans son sac, prête à partir.

- Où étiez-vous passés, putain ? J'ai fait plusieurs tours ici, mais aucune trace de vous, je commençais sérieusement par me poser de questions. Et pourquoi est-ce que tu as changé toutes les serrures des portes ?

- Tu sais très bien pourquoi je l'ai fait Rebel, je suis fatiguée de tes bêtises. Je gagne modestement ma vie et je n'ai pas assez de moyens pour racheter à chaque fois le matériel que tu décides de vendre lorsque tu es à court d'argent.

Elle essaya de le dépasser, mais il se posta devant elle pour l'en empêcher.

- Tu sais que ça fait maintenant plus de trois semaines que je vis dans la rue ? lui rappela-t-il. Cela ne te fait-il rien ?

- Je pensais que c'était là que tu voulais vivre, vu que tu me le répétais sans cesse. Répondit-elle indifférente.

Il détourna le visage en serrant les dents pour masquer sa colère.

- Tu as gagné, la rue c'est nul. Admit-il. Je veux rentrer à la maison.

- Trop tard, Rebel.

- Comment çà trop tard ? demanda-t-il en fronçant les sourcils.

- L'atmosphère est meilleure depuis que tu es parti. Avoua-t-elle à contrecœur. Te laisser revenir... c'est encore revivre au quotidien les mêmes cauchemars. Je ne peux plus.

- Donc tu préfères me laisser vivre dans la rue, c'est bien ça ? demanda-t-il sous le choc de ses révélations.

- En tout cas, je ne suis pas prête à te laisser revenir à la maison pour le moment.

Elle semblait déterminée et cela effraya le jeune garçon

qui décida de l'amadouer pour qu'elle revienne sur sa décision.

- Je te promets que si tu me laisses revenir je vais changer. Je deviendrai doux comme un agneau. Mentit-il.

Elle gloussa face à ses propos, levant les yeux au ciel.

- Je ne crois plus à ton changement Rebel.

Elle voulut le dépasser, mais il l'en empêcha en la retenant par le bras.

- Tiens donc, tu ne crois plus à mon changement ? Pourtant tu as engagé ce type pour qu'il me change, pas vrai ? Pourquoi t'être donné autant de peine alors ? demanda-t-il énervé.

Elle le dévisagea en prenant un air étonné.

- De quoi est-ce que tu parles ? De quel type parles-tu ? Lui demanda-t-elle, ne comprenant strictement rien à ce qu'il avançait.

- Tu sais très bien de qui je parle ! Je parle du type que tu as engagé pour me surveiller et m'apporter à manger chaque soir, celui à qui tu remets de l'argent pour m'acheter des couvertures et des produits de toilette.

Espérance regarda à présent son fils comme s'il avait perdu la raison. Elle se demandait au fond d'elle si ce n'était pas les effets secondaires de vivre dans la rue qui lui faisaient dire toutes ces choses.

- J'ignore totalement de quoi tu parles.

- Il m'a dit que tu as fait appel à lui et que c'était la raison pour laquelle il était là. Renchérit-il.

- Ça suffit maintenant ! Je ne comprends rien à ce que tu me racontes. Dit-elle en se dégageant. Il faut que je m'en aille sinon je vais être en retard au travail.

- Tu es donc sérieuse que tu me rejettes ?

- Tu rends tout le monde malheureux Rebel. Ton frère est tout le temps triste par ta faute.

- C'est donc à cause de lui que tu te débarrasses de moi ? lui demanda-t-il en la retenant à nouveau par le bras, en le tenant fermement cette fois-ci.

- Tu me fais mal, lâche-moi ! dit-elle en se dégageant de son étreinte et en s'en allant.

- Le Dieu que tu pries chaque dimanche te demande-t-il d'abandonner ton fils ? Lui cria-t-il alors qu'elle était déjà à quelques mètres de lui.

Piquée au vif, elle s'arrêta nette face à cette question.

- Laisse Dieu en dehors de tout ça. Cria-t-elle en pointant un doigt vers lui.

- Tu n'es qu'une sale menteuse. Quelqu'un qui craint véritablement Dieu comme tu le prétends accepterait les excuses de son fils et ne le laisserait pas dormir dans la rue durant tout ce temps, même pour le punir. Ne vous enseigne-t-il pas le pardon ? dit le jeune garçon d'un ton amer.

- Pourquoi essaies-tu de me faire culpabiliser Rebel ?

C'est vraiment méchant de ta part ! Je t'ai pardonné plusieurs fois. Je t'ai pardonné alors que tu m'insultais tous les jours, que tu jetais à la poubelle les plats que je te cuisinais sans prendre la peine de les goûter, je t'ai pardonné chaque fois que tu quittais la maison sans me dire où est-ce que tu allais et que tu ne rentrais pas après plusieurs jours, je t'ai pardonné chaque fois que tu ne décrochais pas à mes appels alors que je me faisais un sang d'encre pour toi et que je ne fermais pas l'œil de la nuit, je t'ai pardonné chaque fois que tu as essayé de lever la main sur moi. Je t'ai toujours pardonné.

- Et donc aujourd'hui tu ne peux plus le faire c'est ça ? C'est ça que tu essaies de me faire comprendre ?

Elle n'eut pas la force et le courage de répondre à cette question et s'en alla les yeux baignés de larmes.

Rebel regarda sa mère s'en aller, un pincement au cœur. Il avait du mal à croire qu'il venait de se faire rejeter par elle. Au fond de lui, une voix lui disait que c'était compréhensible dans la mesure où il n'avait jamais été tendre avec elle alors qu'elle ne le méritait pas, mais une autre voix lui disait au contraire qu'une vraie mère n'abandonnerait jamais son enfant, peu importe sa personnalité. Il était en colère, très en colère. Il mit ses mains sur sa tête, abattu, et lorsqu'il ouvrit les yeux il aperçut l'Homme à quelques mètres qui l'observait d'un air triste. Il lui cria de ne pas l'approcher et s'enfuit en courant. Il voulait être seul et n'avait aucune envie de le voir ni de lui parler. Il erra toute la journée dans la ville afin de faire le vide dans son esprit.

À la tombée de la nuit, le jeune garçon était dans un état tellement dépressif qu'il décida de mettre un terme à ses jours. Il monta jusqu'au toit d'un immeuble dans l'optique de s'y jeter. Une fois là-haut, il regarda en bas et eut le vertige. Cet immeuble avait plus de dix étages et il pensait au mal qu'il allait ressentir en atterrissant au sol. Il paniqua et hésita à le faire, mais une voix l'encourageait à sauter en disant que de toutes les façons sa vie ne valait rien sur terre, que personne ne l'aimait et ne regretterait son absence, qu'au contraire ce serait un bon débarras pour tout le monde.

- Ne saute pas. Lui dit une voix derrière lui.

Il sursauta et faillit tomber, ce qui le fit complètement paniquer. Il se retourna et vit l'Homme.

- Non, mais tu es malade ! cria-t-il en posant une main sur sa poitrine.

Son cœur battait tellement vite qu'il pensait qu'il allait faire une crise cardiaque.

- C'est quoi ton problème putain ? J'ai failli tomber !

- Je pensais que c'est ça que tu voulais faire.

- Bien sûr que je veux sauter, mais...j'ai besoin de concentration. Fiche-moi la paix !

Il ne voulait pas passer pour un lâche et jouait à l'orgueilleux.

- Ça t'amuse de toujours apparaître de la sorte tel un fantôme ? Je t'ai demandé d'arrêter de le faire, ça fait grave flipper mec ! reprit-il.

L'Homme le dévisagea avant de prendre la parole.

- Pourquoi est-ce que tu veux mettre fin à tes jours ? demanda-t-il.

Rebel hésita un moment à répondre puis finit par se confier.

- J'en ai marre de ma vie. À quoi cela me sert-il encore de rester dans ce monde ? Personne ne m'aime. Dit-il tristement.

- Ta mère t'aime.

- Surtout pas elle ! s'emporta le jeune garçon en repensant encore à la manière dont cette dernière s'était débarrassée de lui ce matin.

Il tourna le regard vers son interlocuteur.

- Au fait, il faut que je t'avoue quelque chose : je vis dans la rue. Et tu sais qui en est à l'origine ? Ma mère ! Alors, ne viens surtout pas me dire qu'elle m'aime.

- Il faut reconnaître que tu ne lui as pas toujours rendu la vie facile par tes agissements. Si elle a décidé de te laisser dans la rue, c'est simplement pour te donner une leçon.

- C'est faux ! Je l'ai vu aujourd'hui et je lui ai demandé de me laisser revenir à la maison, que j'étais prêt à changer si elle le faisait, mais elle a refusé... et sans remords en plus !

- Est-ce que tu avais réellement l'intention de changer si elle te laissait revenir ? Je ne pense pas. Tu as juste usé de manipulation affective pour attendrir son cœur afin qu'elle cède. Ta mère t'aime profondément. Elle pleure et prie tous les soirs pour que tu changes. Elle a fait appel à moi et je suis là.

- Justement, parlons-en ! Elle tombait littéralement de nues lorsque je lui ai parlé de toi. Elle ne te connaît même pas, tu n'es qu'un pauvre mytho ! J'en ai marre de ton même discours à la con soi-disant que tu veux me changer. C'est de la connerie tout ça !

- Penses-tu qu'il est impossible pour toi de changer ?

- Je n'ai pas dit cela, c'est juste que...de quelle manière crois-tu que je pourrais changer ? Tu peux me le dire ? Vu que tu penses avoir la capacité de le faire !

- En faisant du ménage dans chaque domaine de ta vie qui n'est pas en ordre.

- C'est quoi ce charabia ? Je ne comprends rien à ce que tu me racontes !

L'Homme le regarda un moment, attendri, avant de reprendre la parole.

- Veux-tu être mon ami ? demanda-t-il.

- Quoi ?! demanda le jeune garçon en grimaçant comme s'il n'avait pas bien entendu sa question.

- Veux-tu être mon ami ? répéta-t-il.

Rebel fit volte-face vers lui.

- C'est quoi ton problème ? Tu es si désespéré que çà au point de suivre un gamin partout et lui demander d'être ton ami ?

L'Homme ne dit rien et se contenta de regarder Rebel toujours avec ce sourire qui ne quittait jamais son visage. Le jeune garçon eut soudain de la peine pour lui.

- Je veux bien être ton ami, mais à une condition : que tu ne le dises à personne et qu'on ne nous voit jamais ensemble.

- Pourquoi ?

- Parce qu'on va se moquer de moi si jamais on nous voyait tous les deux. Non seulement tu n'es pas cool, mais en plus t'es vieux...sans vouloir te vexer. Ajouta rapidement le jeune garçon.

Cela amusa l'Homme qui lui demanda de descendre. Le jeune garçon s'exécuta sans bouder.

- Si tu dis à quelqu'un que je me suis dégonflé à l'idée de sauter du haut d'un immeuble, je te jure que je vais te fracasser la tête. Le menaça-t-il en pointant un doigt sur lui. Je n'ai pas envie que l'on se moque de moi et me traite de poule mouillée.

- Je constate que l'opinion des autres compte beaucoup

pour toi, ce n'est pas bien. Beaucoup de personnes passent justement à côté de beaucoup de choses parce qu'elles tiennent compte de l'avis des autres.

- Tu ne peux pas comprendre, j'ai une réputation à défendre, dit le jeune garçon avec fierté.

Il s'assit et alluma une cigarette. L'Homme vint prendre place à ses côtés.

- Tu ne m'as rien apporté à manger aujourd'hui ? demanda-t-il étonné en se tournant vers lui.

- Est-ce que tu as faim ?

Il réfléchit un moment avant de secouer la tête.

- Dis, parle-moi de toi. Est-ce que tu as une femme, des enfants ?... Pourquoi est-ce que tu traînes tout le temps dans la rue comme çà ?   demanda-t-il après quelques minutes de silence.

L'Homme le regarda en souriant, heureux qu'il commence enfin à s'intéresser à lui.

- Je suis le Père d'une multitude d'enfants et je les aime tous autant qu'ils sont avec leurs défauts et leurs qualités. Je n'ai qu'un seul désir pour chacun eux : qu'ils connaissent tous le bonheur. Lorsque l'un d'eux s'égare, je n'hésite pas à quitter ma maison pour aller à sa recherche. Je ne veux qu'aucun de mes enfants ne se perde.

- Dis, tu ne peux pas t'exprimer comme tout le monde ? Je ne comprends jamais rien à ce que tu racontes, c'est dingue !

L'Homme sourit, amusé par l'ignorance du jeune garçon.

- Je ne te demande qu'une chose, me parler de toi, et toi tu me tiens un discours sans queue ni tête. Tu es vraiment chelou, je te jure !... Bon allez, j'ai eu une journée difficile et j'ai besoin de repos.

Il bâilla et s'allongea gagné par le sommeil.

- Ce n'est pas que je n'aime pas ta compagnie, mais là j'ai vraiment sommeil...Bonne nuit.

Il bâilla à nouveau avant de fermer les yeux et de s'endormir aussitôt. L'Homme le regarda en souriant avant de s'en aller. Lorsque Rebel se réveilla le lendemain, il était recouvert par une couverture et il y avait près de lui un panier contenant des provisions. Il sourit en sachant qui les avait laissés là. Il refusait de se l'avouer, mais il commençait par apprécier la présence de son nouvel Ami. Avec lui, il ne se sentait pas jugé, au contraire, il se sentait aimé malgré le fait qu'il se considérait *sale*. Cela l'intriguait qu'il prenne soin de lui chaque jour et qu'il trouve toujours du temps pour lui apporter à manger, des couvertures et des produits de toilette alors qu'il n'était pas un garçon de cœur.

Rebel était à court de cigarette et était en manque, il décida donc, après avoir mangé et s'être lavé dans une douche publique, d'aller voler quelques articles dans un magasin. Après avoir accompli avec brio son forfait, il vendit les articles au marché noir et comptait avec fierté tout l'argent qu'il avait pu obtenir de cette vente.

- Pourquoi es-tu allé voler dans ce magasin ? Lui demanda l'Homme qui apparut derrière lui.

Le jeune garçon sursauta au son de sa voix.

- Je te jure, je ne sais plus quoi faire de toi. Murmura-t-il en soupirant et en serrant les dents, agacé par les apparitions soudaines de son Ami qui l'effrayait à chaque fois.

Il continua de compter l'argent tout en l'ignorant, mais ce dernier le regardait avec insistance attendant des réponses à sa question.

- Quoi ?! Il faut bien que je gagne de l'argent pour pouvoir me nourrir, maintenant que je vis dans la rue ! finit-il par répondre comme ce dernier ne cessait de le dévisager avec insistance.

- Est-ce que je ne t'apporte pas à manger chaque jour ? As-tu déjà dormi un jour le ventre vide depuis que tu es à la rue ?

Le jeune garçon réfléchit un moment à sa question en se frottant le menton puis reconnut effectivement qu'il n'avait jamais fait un jour sans manger depuis qu'il vivait dans la rue.

- Non, je l'admets. Tu m'as toujours apporté à manger et je t'en remercie infiniment, seulement j'ai besoin d'un autre type de nourriture. Le genre de nourriture que tu ne peux pas m'apporter.

- Tu parles de cigarette.

- Ouais. Sans vouloir te vexer, c'est bien meilleur que tous ces fruits et légumes que tu m'apportes au quotidien.

- Cela risquerait de te tuer un jour.

- Il faut bien mourir de quelque chose mon gars. Excuse-moi, mais j'ai de la *nourriture* à aller acheter, dit le jeune garçon en tournant les talons.

- N'y va pas Rebel, cela est très nocif pour ta santé. Dit l'Homme derrière lui.

- Putain, mais tu vas me lâcher à la fin ? s'emporta le jeune garçon en faisant demi-tour et en venant de lui. J'en ai marre que tu me donnes à chaque fois des leçons de morale, tu n'es pas mon père ! Tu me saoules, je n'ai pas demandé à ce que tu rentres dans ma vie ! Trouve quelqu'un d'autre à qui tu donneras tes précieux conseils, je ne veux plus te voir, je n'ai plus besoin de toi.

Il s'en alla, énervé. Après avoir marché quelques mètres, il vit la voiture de Pachino et revint sur ses pas en courant comme s'il avait le diable à ses trousses.

- Qu'est-ce qu'il y a ? Lui demanda sereinement l'Homme alors qu'il était accroupi et suffoquait.

- Je viens de voir quelqu'un de très méchant qui en a après moi. Il ne faut pas qu'il me voie sinon il va me tuer, je dois me cacher. Expliqua-t-il, paniqué.

Le jeune garçon semblait perdu dans ses pensées lorsqu'un sourire narquois se dessina sur son visage. Il se tourna, excité, vers son ami.

- Dis, j'aurais besoin que tu me rendes un petit service. Si je m'approche de ce type pour lui parler, est-ce que tu pourras encore faire ton petit jeu de regard pour l'influencer ? Tu m'avais dit que les méchants ne te résistaient pas n'est-ce pas ? Eh bien, ce sera l'occasion pour toi de me le prouver encore aujourd'hui. Tu n'auras pas besoin de t'approcher t'inquiète, tu le fais à distance comme la dernière fois. Ajouta-t-il afin de le persuader.

- Je pensais que tu n'avais plus besoin de moi, dit l'Homme d'un ton espiègle.

Rebel leva les yeux au ciel en soupirant, il venait de marquer un point.

- Ça va, tu as gagné j'ai besoin de toi... Alors, t'es partant ?

- Qui est ce monsieur ? demanda l'Homme d'un ton calme.

Le jeune garçon hésita un moment avant de lui apporter d'amples explications.

- Quelqu'un pour qui je travaille et à qui je dois de l'argent. J'ai beau lui dire que je ne veux plus travailler pour lui et le supplie de me laisser partir, mais il ne veut rien entendre. Je me sens pris au piège.

- Est-ce que tu lui dois beaucoup d'argent ?

- Non...enfin, un tout petit peu... pas grand-chose.

- Si tu ne lui dois pas grand-chose comme tu le dis, rembourse-le alors avec l'argent que tu viens d'obtenir de ta vente illégale.

- Tu es obligé de préciser *illégale* ? J'y crois pas ! dit le jeune garçon agacé. L'argent que je lui dois équivaut quasiment à tout ce que j'ai obtenu aujourd'hui, enfin...il ne me restera plus grand-chose.

- Tu lui dois donc beaucoup d'argent.

Le jeune garçon hésita un moment à répondre avant de l'admettre.

- Oui. Dans la mesure où tu ne veux plus que j'aille voler, il faut bien que je garde sur moi un peu de sous pour pouvoir tenir au moins deux bonnes semaines.

- Je ferais en sorte qu'il ne te harcèle plus si tu lui remets tout l'argent que tu possèdes sur toi, dit l'Homme d'un ton sérieux.

- Comment ça tout l'argent ? Demanda le jeune garçon, les sourcils froncés.

- Remets-lui tout l'argent que tu as sur toi, répéta le monsieur.

- Même la monnaie ?

- Tout.

- Et comment je ferais pour vivre tout ce temps, tu peux me le dire ?

- Parfois, il faut faire des sacrifices dans la vie pour obtenir quelque chose que l'on désire vraiment. Tu veux obtenir de ce type la liberté, le prix que tu as à payer est de lui remettre tout ce que tu as sur toi comme argent.

- J'y crois pas, tout ça juste parce que tu ne veux pas que je me paye des paquets de cigarettes ! C'est hallucinant !

L'Homme le regarda avec insistance.

- Mais tu crois qu'on est où là, dans le monde des bisounours ? s'emporta le jeune garçon. Tu sais combien de fois je l'ai supplié de me donner cette liberté ? La vérité c'est que j'ai signé un contrat lorsque je suis rentré dans ce réseau et on n'a pas le droit d'y sortir avant deux longues malheureuses années. Il me tient, je suis à sa merci. Je regrette de m'être laissé embarquer dans ce bateau, ajouta-t-il tristement.

- Tu as toujours essayé de le convaincre de toi-même, mais cette fois-ci tu le feras en comptant sur toi.

- Et tu crois que cela marchera juste parce que je vais compter sur toi ?!

- Oui. Répondit l'Homme, imperturbable.

Rebel éclata de rire.

- Tu sais quoi, plus le temps passe et plus je commence à réaliser que tu n'as pas toute ta tête. Est-ce que tu ne te serais pas enfui d'un asile psychiatrique par hasard ?

- Est-ce que tu me fais confiance ? demanda l'Homme en ignorant sa blague.

Le jeune garçon le regarda l'air hésitant, ne sachant quoi répondre.

- Pour tout te dire, non. Mais tu m'as l'air tellement sûr de toi que j'ai presque envie de te croire et de t'accorder le bénéfice du doute, ce qui est totalement absurde.

- Si tu crois, tu verras de quoi je suis capable.

Rebel hésita longuement.

- Je ne sais pas, mec. C'est compliqué tout ça.

- Ose me faire confiance, tu ne seras pas déçu, dit l'Homme en souriant. Vas-y.

Le jeune garçon le dévisagea avant de hausser les épaules en soupirant.

- De toutes les façons qu'est-ce que j'ai à perdre ?

Il tourna les talons puis se retourna vers lui.

- Peut-être que c'est la dernière fois que tu me vois mon gars. J'ai vraiment été ravi de faire ta connaissance. Lança-t-il d'un ton ironique.

Il s'en alla d'un pas nonchalant ne sachant pas à quoi s'attendre devant. Il s'approcha de la voiture de Pachino et prit une grande inspiration. Ce dernier qui était en pleine conversation avec un jeune homme et ses acolytes à côté s'arrêta net lorsqu'il le vit.

- Aurais-je des hallucinations où vous aussi vous voyez le revenant qui est en train de s'approcher de nous ? demanda-t-il en se tournant vers ses gars.

- Bonjour Pachino, dit Rebel en s'arrêtant à quelques mètres de lui.

- Rebel, Rebel, Rebel, mon garçon, je ne sais plus quoi penser de toi sérieusement. Cela fait des semaines que je te cherche activement et que tu filtres mes appels... Je n'ai pas de mots pour décrire à quel point tu me déçois, dit Pachino d'un ton serein, mais effrayant.

- Si je ne décrochais pas à tes appels c'est parce que je n'avais pas réussi à vendre toute ta marchandise et que je n'avais pas tout l'argent sur moi. J'avais peur de te le dire. Mentit le jeune garçon.

- Tu avais peur de me le dire ? Mais pourquoi ? demanda Pachino en riant.

- Je ne sais pas. Vu la manière dont tu avais débarqué chez moi la dernière fois j'ai pensé que...

Il ne termina pas sa phrase.

- Qu'est-ce qu'il est touchant ! J'ai presque envie de le prendre dans mes bras pour le rassurer. Dit Pachino en se moquant de lui.

- Tiens, c'est pour toi ! dit Rebel en lui tendant la petite liasse qu'il tenait dans ses mains.

Son patron dévisagea un moment l'argent avant de le prendre et de le compter. Il fronça les sourcils en réalisant qu'il y avait un peu plus que ce qu'il devait percevoir.

- Il y a plus que prévu comme tu peux te l'apercevoir. Expliqua le jeune garçon qui devina ses pensées.

- À quoi cela est-ce dû ? dit Pachino, un fin sourire aux lèvres en rangeant l'argent dans la poche de sa veste.

- On va dire que c'est un petit dédommagement pour ne pas t'avoir remis ton argent à temps.

- C'est bien que tu anticipes les choses de cette manière, mon garçon. Tu marques un point-là. Tu sais quoi, je vais te faire une petite faveur, je ne vais plus demander à mes gars de te trancher la gorge comme je l'avais prévu.

Rebel sursauta face à ces propos.

- Pachino, je...vraiment, j'ai besoin de faire un break. Je passe par des moments difficiles en ce moment et je n'ai plus la tête à travailler comme tu peux t'en apercevoir. Je t'en prie, rends-moi ma liberté... accepte de me laisser partir... Je t'en prie. Le supplia-t-il en baissant les yeux.

Pachino l'observa attentivement un long moment avant de répondre favorablement à sa requête.

- Très bien. Dit-il simplement.

- Hein ? fit Rebel en levant les yeux vers lui.

- Tu peux t'en aller. De toutes les façons tu ne me sers à rien ces derniers temps. En décidant de te laisser intégrer mon réseau, j'ai voulu expérimenter ce que cela ferait de travailler avec la jeunesse, mais je me rends compte que c'est une erreur à ne plus commettre. Tu n'es pas encore prêt à intégrer ce milieu, tu n'es pas aussi *rebelle* que tu en as l'air. Fiche le camp et que je ne te revois plus.

Rebel resta bouche bée, sous le choc, il n'en croyait pas ses oreilles, ce qui était en train de se produire sous ses yeux. Il trouvait cela louche que Pachino accepte de lui rendre sa liberté aussi facilement. Il y avait anguille sous roche, ce dernier devait certainement avoir un plan machiavélique derrière la tête.

- Tu as compris ce que je viens de te dire ? Fiche le camp ! répéta Pachino comme il était toujours là.

- Tu...tu me rends vraiment ma liberté ? demanda le jeune garçon d'un air hébété.

- N'est-ce pas ce que tu viens de me demander ?

- Si, mais...

Un large sourire se dessina sur ses lèvres et il s'en alla en courant puis s'arrêta à quelques mètres avant de lui demander à nouveau s'il était vraiment libre.

- J'y crois pas, ce gamin est débile ou quoi ? Demanda Pachino en se tournant vers ses gars qui étaient autant décontenancés que lui par la réaction du jeune homme.

Le jeune garçon s'en alla en courant à la recherche de son ami pour lui dire ce qui venait de lui arriver. Lorsqu'il l'aperçut quelques mètres plus loin, il s'approcha de lui à toute vitesse en répétant qu'il était libre, chantonnant et esquissant des pas de danse.

- Je suis libre, c'est incroyable ! répéta-t-il excité. Comment as-tu réussi à faire cela ? J'y allais sans conviction, pour moi c'était impossible qu'il me rende ma liberté.

Et tu sais quoi, il ne m'a même pas roué de coups comme la fois dernière !

Il dévisagea l'Homme intensément.

- Tu as vraiment des pouvoirs magiques, j'en suis convaincu.

- Je suis Dieu, ne l'oublie pas, dit-il de ce ton toujours serein.

Rebel éclata de rire puis posa une main sur son épaule.

- Je t'aime bien tu sais, mais arrête vraiment de te prendre pour Dieu, sérieux mec. Tu sais quoi ? Au moins avec toi je ne m'ennuie pas.

Le lendemain, Rebel fut réveillé par des cris stridents. Il se réveilla en sursaut en se demandant ce qui se passait et vit une foule au loin. Il s'approcha avec curiosité et demanda à quelqu'un à quoi était dû cet attroupement et on lui répondit qu'on venait de faire une découverte macabre. Il se fraya un chemin parmi la foule afin de voir ce corps sans vie qui était juste à quelques mètres de lui et il eut un pincement au corps lorsqu'il réalisa que c'était un jeune garçon de sa génération. Ce dernier avait à peu près le même style que lui et il eut comme un flash à l'instant. Il se vit lui, à la place de ce dernier, étalé là à même le sol. Cette image était tellement insoutenable pour lui qu'il secoua la tête violemment pour la chasser. Il s'en alla en courant, écartant à son passage tous ceux qui se tenaient devant lui. Certains passants qu'il bouscula crièrent après lui.

Il aperçut un banc public et prit place en suffoquant, ayant l'impression d'avoir couru un marathon. Il fit sortir de sa poche la dernière cigarette qui lui restait et l'alluma pour se calmer et se détendre. Quelques instants après, il sentit une présence derrière lui et ne se retourna pas ayant sa petite idée de qui il pouvait s'agir.

- Tu as l'air bouleversé, dit l'Homme en prenant place à ses côtés.

- Cela ne t'a jamais traversé l'esprit que tu pouvais être envahissant quelques fois ? rétorqua-t-il exaspéré. Je te jure mec, parfois j'ai juste envie d'être seul.

- Tu es chamboulé par ce que tu viens de voir, dit l'autre indifférent à son sarcasme. Tu réalises plusieurs choses maintenant que tu vis dans la rue. Tu prends conscience que c'était une grâce pour toi d'avoir un toit où dormir. Tu as toujours répété maintes fois à ta mère que tu préférais vivre dans la rue plutôt que chez elle aujourd'hui tu regrettes tes propos. Tu as peur qu'il ne t'arrive toutes ces choses atroces, que l'on retrouve également ton corps un jour comme ce jeune homme ?

Rebel se retourna vivement vers lui, les sourcils froncés.

- Tu étais là ? Tu l'as vu ?

L'Homme se contenta de sourire. Ils restèrent quelques

minutes sans parler avant que le jeune garçon ne décide de briser le silence.

- J'ai toujours pensé que ce serait sympa de vivre dans la rue. Je me disais qu'au moins je serais libre et n'aurais plus à subir les reproches continuels de ma mère, mais aujourd'hui je réalise que cela n'a rien d'excitant, au contraire, c'est un monde effrayant.

- C'est bien que tu comprennes cela aujourd'hui. Il faut être reconnaissant de chaque chose que tu possèdes et que les autres n'ont pas. Tous ceux qui vivent dans la rue ne sont pas forcément des toxicomanes ou des gens qui ont perdu leur travail, beaucoup se retrouvent là parce qu'ils sont orphelins et n'ont pas de famille pour pouvoir prendre soin d'eux.

- Pourquoi est-ce que Dieu permet-il de telles choses ? Lui qui est si bon ?

L'Homme sourit avant de lui répondre.

- Dieu ne peut pas empêcher la faim et la misère dans le monde. Malgré son immense amour pour tous les Hommes de la terre, il y aura toujours des malheureux, c'est comme ça. C'est pourquoi, vous qui avez la grâce d'avoir un toit, de faire des études, d'avoir des parents qui vous aiment et qui vous chérissent, il faut être reconnais-sants, car beaucoup n'ont pas cette chance.

Rebel hocha la tête entièrement d'accord avec Lui.

- Tu penses que ma mère voudra me reprendre un jour à la maison ? demanda-t-il tristement, d'un ton hésitant.

- Certainement.

Quelques heures plus tard, Espérance qui passait par là en voiture reconnut Rebel et eut un pincement au cœur en le voyant endormi, là, sur ce banc public. Elle était tentée à l'idée de s'approcher de lui et de le laisser revenir à la maison, mais en même temps elle craignait qu'il leur fasse revivre les mêmes cauchemars si jamais elle cédait. Elle était vraiment embêtée et se demandait quoi faire. Elle l'observa les larmes aux yeux puis décida de démarrer sa voiture. Lorsqu'elle arriva chez elle, elle se mit à pleurer à chaudes larmes dans sa chambre, demandant à Dieu de lui pardonner.

7

Cela faisait déjà plus d'un mois que Rebel vivait dans la rue. Il en voulait toujours à sa mère de l'avoir rejeté et n'était plus jamais retourné chez eux malgré les multiples encouragements de son nouvel Ami qui le poussait à le faire et à demander pardon à cette dernière, son orgueil et sa fierté l'en empêchaient, et lorsque ce dernier insistait sur le sujet, il s'énervait à chaque fois.

Il commençait à s'habituer à son nouveau mode de vie et la compagnie de son nouvel Ami le réconfortait au quotidien. Ce dernier lui apportait à manger chaque jour et prenait soin de lui, il se sentait en sécurité à ses côtés. Avec le temps, il finit même par accepter ses conseils même si cela l'irritait quelques fois. Il avait l'impression de moins en vouloir au monde et de s'adoucir avec le temps.

Toute la haine et la colère qu'il ressentait au fond de lui semblaient se dissiper petit à petit.

Un jour alors qu'il errait dans la rue, il sentit quelqu'un le tirer par l'arrière et essayant de lui planter un couteau dans le dos, en lui demandant de lui donner tout ce qu'il avait sur lui. Le jeune garçon refusant de se laisser faire se retourna pour se défendre. Et lorsqu'il fit face à son agresseur, ce dernier sembla tétanisé en le voyant. C'était le même que la dernière fois. Il s'en alla en courant lorsqu'il reconnut Rebel.

Le soir, lorsque l'Homme fit son apparition habituelle auprès du jeune garçon, ce dernier lui demanda où est-ce qu'il était passé tout ce temps et qu'il avait faim. Son ami lui remit le sac de provisions qu'il tenait dans sa main et le jeune garçon le lui arracha précipitamment en faisant sortir le sandwich qui était à l'intérieur avant de le déguster avec gourmandise.

- Tu ne devineras jamais ce qui m'est arrivé aujourd'-hui ! Dit-il en parlant la bouche pleine. Tu te souviens de l'agresseur de la nuit dernière ? Celui à qui tu avais fait ton petit jeu de regard pour m'empêcher de me faire du mal ? Eh bien figure-toi qu'il a encore essayé de m'agresser aujourd'hui avant de prendre la fuite lorsqu'il m'a reconnu ! Tu aurais dû voir sa tête, on aurait dit qu'il voyait un fantôme en face de lui, il était complètement pétrifié ! raconta le jeune garçon en riant. C'était trop cool !

Il froissa l'emballage de son sandwich qu'il jeta, puis ouvrit une cannette de soda qu'il but à grosses gorgées avant de prendre un air de dégoût.

- Sérieux, y avait pas mieux que cette boisson ? C'est dégueulasse ! se plaignit-il.

Il rota grossièrement lorsqu'il eut achevé sa boisson. Il resta silencieux un moment avant de sourire et de se tourner vers son ami. Une idée venait de lui traverser l'esprit.

- Dis, ça te dirait qu'on fasse équipe tous les deux ? À nous deux on pourrait être des justiciers de la rue, dit-il malicieusement.

- C'est-à-dire ?

- On pourrait sillonner la ville et voler au secours des gens en détresse, ce serait cool. On peut comme superman, tu vois ? Tu n'auras qu'à te mettre en retrait et te contenter de faire ton petit jeu de regard comme tu sais si bien le faire et me laisser faire le reste. Qu'est-ce que tu en dis ? Depuis que je suis dans la rue, je me rends compte qu'il y a beaucoup d'agressions et ça craint. Si on a la possibilité de pallier ce fléau, alors pourquoi pas ?... Qu'en penses-tu ? C'est une proposition plutôt louable n'est-ce pas ? ajouta-t-il en se retournant vers lui espérant que ce dernier accepte sa proposition.

L'Homme qui connaissait le fond de ses pensées se contenta de sourire.

- Tes intentions ne sont pas bonnes. Tu veux être au-devant de la scène pour te faire une réputation et jouir de cela.

- Mais qu'est-ce que tu racontes, n'importe quoi ! nia le jeune garçon.

Son ami le fixa du regard.

- Bon c'est vrai, tu as raison !... Un tout petit peu. Il faut bien se faire une réputation dans la rue si l'on veut être tranquille.

- Tu ne veux pas te faire une réputation que dans la rue. Tu espères que tes *prouesses* arrivent aux oreilles des autorités et des médias pour te faire une renommée nationale... Et tu veux te servir de moi pour cela, renchérit l'Homme en dévoilant véritablement le fond de ses pensées.

- C'est pas vrai, mais comment est-ce que tu sais tout ça ?

Le jeune garçon était choqué par le fait qu'il dévoile exactement ce qu'il pensait au fond de lui, comme s'il lisait en lui comme un livre ouvert.

- Ah c'est vrai que j'avais oublié qu'on ne te peut rien te cacher...vu que tu es *Dieu*. Ajouta-t-il, en souriant, d'un ton ironique.

Le lendemain, Rebel était assis sur un banc public, dans un parc, en train de fumer et son ami se tenait près de lui. Une voiture se gara à quelques mètres d'eux et deux personnes descendirent au loin, cheminant en amoureux. Rebel observa attentivement la jeune fille et crut halluciner lorsqu'il reconnut une de ses conquêtes. Il se leva d'un bond en grommelant des injures.

- Qu'y a-t-il ? Lui demanda l'Homme.

- J'y crois pas, cette poufiasse me trompe... avec un homme qui a l'âge de son père en plus ! C'est répugnant ! Ajouta-t-il en fronçant les sourcils et en mettant ses mains en bandoulière pour bien observer le monsieur.

- Pourquoi te mets-tu dans cet état ?

- Est-ce que tu as écouté ce que je viens de te dire où tu as simplement les oreilles bouchées ? Je viens de surprendre ma petite amie avec quelqu'un d'autre !... Tu sais ce que j'ai envie de faire là ? Aller faire une scène devant ce mec pour lui foutre la honte de sa vie ! dit le jeune garçon d'un sourire diabolique.

- Pourquoi ferais-tu une chose pareille ?

- Parce que c'est une garce ! s'emporta le jeune garçon.

- Aimes-tu cette fille ?

Sa question déconcerta Rebel qui le regarda en faisant une grimace.

- C'est quoi cette question ? En quoi cela est-il important que je l'aime ou pas ?

- Pourquoi voudrais-tu humilier quelqu'un que tu n'aimes pas ?

- Elle mérite une bonne correction, dit le jeune garçon

en serrant les dents et en ne cessant de dévisager la jeune fille au loin.

- Et toi, ne mérites-tu pas une bonne correction pour avoir autant de petites amies ?

Piqué au vif, Rebel resta bouche bée ne sachant quoi répondre.

- Tu entretiens plusieurs relations à la fois et passes ton temps à mentir à toutes ces filles et à te servir d'elles.

- Je suis un homme et j'ai le droit d'avoir plusieurs relations ! se défendit le jeune garçon avec véhémence.

- Qui a dit qu'un homme avait ce droit ?

- C'est comme ça, c'est tout !

- En réalité, tu n'aimes pas cette fille...comme toutes les autres d'ailleurs. Tu es juste blessé dans ton orgueil d'homme et n'acceptes pas d'être trompé. Assieds-toi.

Le jeune garçon s'exécuta en boudant.

- Pourquoi ressens-tu le besoin d'avoir autant de conquêtes ? Que gagnes-tu en utilisant le corps de toutes ces filles ?

Rebel réfléchit un moment avant de hausser les épaules.

- Je ne sais pas. Tous mes copains ont plusieurs copines alors je suppose que c'est normal.

- Non, ça ne l'est pas. Ce qui est normal c'est d'avoir une femme que tu chériras et que tu honoreras de tout ton être.

- Tu recommences avec tes leçons de morale ? demanda le jeune garçon agacé.

- Je ne fais que t'enseigner les vraies valeurs de la vie.

- Ouais, comme d'hab ! Tu n'es bon qu'à çà de toutes les façons, à enseigner.

- Tu dois revoir ton mode de vie. Non seulement tu te fais du mal à toi-même, mais tu le fais également aux autres autour de toi.

- Mon mode de vie me convient très bien !

- Ton mode de vie est surtout très dangereux. Et si tu n'y prêtes pas attention, tu mourras.

Ces paroles effrayèrent le jeune garçon qui se leva et s'en alla.

Un soir, le jeune garçon ne se sentait pas très bien. Il était fiévreux et tremblait de tous ses membres. Il avait élu domicile sur le toit d'un immeuble et s'était fabriqué une petite case avec des matériaux ramassés ici et là, c'est là qu'il passait désormais toutes ses nuits. Il se sentait plus en sécurité là que lorsqu'il dormait en pleine rue, exposé à toutes sortes de dangers.

Alors que la fièvre était de plus en plus forte, il se mit à avoir des hallucinations et à délirer. Il eut peur en pensant qu'il allait mourir et qu'on allait sans doute découvrir aussi son corps comme ce jeune garçon. La pensée de la mort le terrifia et il luttait au fond de lui pour pouvoir rester en vie. Il se considérait trop jeune pour quitter ce monde, surtout qu'il n'avait encore rien accompli. Il adressa une prière à Dieu au fond de son cœur.

- Dieu, je ne te connais pas personnellement, mais j'ai écouté plein d'histoires sur toi. Si tu me sors de cette situation et permets que je sois en vie, je te promets que je vais changer. Murmura-t-il, tremblant comme une feuille.

Quelques minutes plus tard, il sentit une présence près de lui, mais il était trop faible pour ouvrir les yeux et voir de qui il s'agissait. Il sentit une forte chaleur parcourir tout son corps et il s'endormit.

Un dimanche après le culte, alors qu'Espérance sortait de l'église en riant avec ses amies, son pasteur l'intercepta et demanda à lui parler. Ses amies les laissèrent seuls.

- Bonjour Espérance, vous m'avez l'air épanouie ces derniers temps. Cela fait un moment que je vous observe et que je constate que vous ne semblez plus triste comme autrefois, dit-il.

- En effet Pasteur, les jours sont meilleurs pour moi ces derniers temps, on va dire. Répondit-elle avec un large sourire.

- Je suis ravi pour vous. Alors, comment est l'atmosphère à la maison avec Rebel depuis la dernière fois ? demanda-t-il d'un ton préoccupant.

Le sourire d'Espérance se figea face à cette question et elle détourna le visage, honteuse.

- Eh bien...Rebel ne vit plus à la maison. Dit-elle après un long soupir.

- Comment cela ? Est-il parti ? demanda-t-il inquiet en fronçant les sourcils.

- Non. C'est moi qui l'ai chassé...entre autres. Je suis navrée Pasteur, mais j'ai craqué et j'ai changé toutes les serrures de la maison afin qu'il ne puisse plus entrer. Se justifia-t-elle.

- Mais pourquoi avez-vous fait cela ? Demanda-t-il en la dévisageant les yeux écarquillés.

- Je n'avais plus la force de supporter ses bêtises. Le délit qu'il a commis la dernière fois était la goutte d'eau qui a fait déborder le vase. Dieu sait que j'ai essayé d'être à la hauteur de cette épreuve, mais...

Elle n'acheva pas sa phrase, baissant les yeux.

- J'ai honte de l'avouer, mais le climat est plus tranquille depuis qu'il est parti. Cela fait longtemps que je n'avais plus ressenti une telle sérénité. Reprit-elle.

Le Pasteur la dévisagea attentivement avant de pousser un long soupir.

- Vous n'êtes pas allée au bout de cette épreuve Espérance et c'est bien dommage, car vous êtes une femme forte. Vous avez choisi la voie de la facilité : l'abandon.

- Que pouvais-je faire d'autre ?

- Demander à Dieu de vous donner la force nécessaire pour surmonter cela.

- Mais je l'ai fait ! Mais j'avais l'impression que les choses allaient de mal en pire.

- C'est normal, ce sont les ruses de l'ennemi pour que vous puissiez baisser les bras et que vous ne priez plus pour votre fils...et il a réussi, à moins que je me trompe ?

Elle secoua la tête et retint ses larmes face à ces révélations. Il avait entièrement raison. Depuis que Rebel était parti de la maison, elle avait cessé de prier pour lui, car l'atmosphère était devenue paisible chez elle. Maintenant elle culpabilisait et se sentait une mère indigne.

- En tant qu'enfants de Dieu, nous devons tirer notre force et notre inspiration en Lui. Il nous a donné toutes les armes nécessaires pour pouvoir tenir ferme dans les épreuves. Ce que vous ignorez peut-être c'est qu'en décidant de ne pas aller au bout de cette épreuve vous fermez les portes à certaines bénédictions, peut-être pas pour vous, mais pour d'autres personnes qui passent par les mêmes persécutions. Vous perdez l'opportunité d'avoir un bon témoignage à ce sujet. Aussi, en mettant votre fils à la porte, vous activerez davantage sa colère. Depuis combien de temps est-il à la rue ?

- Cela va faire bientôt trois mois. Avoua-t-elle, honteuse.

- Dieu d'Israël. Murmura le Pasteur sous le choc.

Il la dévisagea perplexe ne sachant quoi dire.

- Eh bien, espérons qu'il rentrera à la maison. Bon dimanche. Dit-il avant de s'en aller.

Espérance le regarda s'éloigner d'un air triste, elle avait l'impression de l'avoir déçu et s'en voulait vraiment. Si elle avait la possibilité, elle aurait fait revenir les choses en arrière, mais il était trop tard maintenant. Elle regagna le chemin de sa maison, abattue.

Rebel se sentait mieux depuis la dernière fois qu'il avait été malade. Il avait repris toutes ses forces et avait recommencé à manger alors qu'il avait perdu l'appétit. Un jour, alors qu'il cheminait, une famille sortit d'un restaurant devant lui. Il y avait les parents avec leurs deux enfants, deux jeunes garçons de la même génération que son frère et lui. Ces derniers semblaient si proches qu'il eut un pincement au cœur. Il regrettait de ne pas avoir la même relation avec son frère et de partager avec lui ce que de jeunes frères partagent ensemble. Il avait toujours été jaloux de ce dernier du fait que sa mère le préférait à lui et lui en faisait voir de toutes les couleurs par esprit de vengeance alors qu'il ne le méritait pas. Aujourd'hui, il s'en voulait, mais surtout il regrettait. Parfois, il avait envie de jeter son masque d'enfant rebelle et de devenir quelqu'un de meilleur, mais il avait l'impression qu'il n'y arriverait jamais. Aussi, il avait peur que l'on se moque de lui s'il venait à changer. Il avait réussi à se forger une étiquette de *caïd* et s'attirait le respect de beaucoup de monde grâce à cela, il ne voulait donc pas passer pour un enfant de chœur en s'adoucissant. Il se sentait comme prisonnier de sa réputation.

Ayant le moral à zéro, il monta sur l'immeuble où il se réfugiait et s'assit au bord, les larmes coulant le long de son visage.

- Tu ne sauteras pas, dit l'Homme derrière lui quelques minutes plus tard.

- Je n'en avais pas l'intention, rétorqua-t-il.

Il prit place à ses côtés et le dévisagea tendrement avant de prendre la parole.

- Pourquoi pleures-tu ?

Le jeune garçon essuya rapidement ses larmes, refusant de se montrer vulnérable.

- Je ne pleure pas, j'avais de la poussière dans l'œil c'est tout. Dit-il froidement.

L'Homme sourit.

- Tu n'as pas à avoir honte de pleurer, tu sais, cela arrive à tout le monde, même aux plus forts et c'est un sentiment tout à fait naturel.

- Tu vas encore commencer avec tes sermons ? Tu me saoules. Lui dit le jeune garçon, agacé.

L'Homme ne se laissait jamais déstabiliser par l'attitude du jeune garçon, il lui répondait toujours d'un ton parfaitement calme même lorsque ce dernier l'insultait et lui parlait méchamment.

- Je vois bien que tu es malheureux et que tu souffres au fond de toi. Tu veux changer et je te propose mon aide, pourquoi te braques-tu ?

- Parce que tu veux me rendre comme une gonzesse. Tu as la réponse à ta question, tu es content ?

- Être quelqu'un de gentil et de respectueux n'est pas un signe de faiblesse, bien au contraire.

- Et voilà qu'il recommence ! dit le jeune garçon en levant les yeux au ciel. Si tu veux me rendre comme toi, c'est perdu d'avance. On va se moquer de moi et çà c'est hors de question, j'ai une réputation à défendre... Sois gentil, laisse-moi seul.

L'Homme le regarda un moment avant de se lever.

- Je connais quelque chose qui te ferait du bien. Dit-il en lui tendant un livre.

Rebel regarda le livre qu'il lui tendait et crut halluciner lorsqu'il constata que c'était la Bible.

- La Bible ?! Non, mais tu es sérieux ? Que veux-tu que je fasse avec ça ?

- Que tu la lises. Tu trouveras plein de conseils à l'intérieur.

- Tu es vraiment marrant toi ! Si même les livres qu'on me demandait de lire au lycée je ne le faisais pas, tu ne penses tout de même pas que c'est la Bible que je vais lire ?

- Tu es affligé et te poses beaucoup de questions, tu trouveras des réponses à l'intérieur.

- Ouais, c'est ça ! Tu peux l'emporter avec toi, je ne le lirai pas, même pour te faire plaisir. Dit-il froidement.

L'Homme la déposa à ses côtés avant de s'en aller. Rebel l'observa en gloussant.

Lire la Bible, non, mais et puis quoi encore ?! Il alluma une cigarette et se mit à fumer.

Lorsqu'il se réveilla le lendemain, il ne vit pas les provisions à côté de lui comme d'habitude. Il se leva et regarda autour de lui, mais ne vit rien. Il chercha son Ami du regard, mais ce dernier n'était pas là non plus, il trouva cela étrange et se demandait s'il ne l'avait pas vexé la veille en refusant de prendre sa Bible. Il regarda celle-ci qui était posée près de ses affaires et se dit intérieurement qu'il la lirait peut-être *si* jamais il avait le temps. Il refusait vraiment de se l'avouer, mais son Ami lui manquait, il était déjà habitué à sa présence et le cherchait toujours lorsqu'il ne le voyait pas.

Un jour alors qu'il était seul, il avait encore volé des articles dans un magasin qu'il s'était empressé de vendre au marché noir, c'est avec cet argent qu'il avait pu s'acheter des paquets de cigarettes qu'il gardait en réserve dans sa cabane. Il prenait toujours soin de les cacher minutieusement afin que son ami ne les voie pas et ne me sermonne encore à ce sujet. Il profita de l'absence de ce dernier pour aller chercher un paquet qu'il mit dans sa poche. Il descendit de l'immeuble et s'alluma une cigarette avant de sillonner la rue.

Pendant qu'il marchait, des rires qui provenaient d'un restaurant attirèrent son attention, puis soudain il entendit des voix chanter joyeux anniversaire. Il s'approcha par curiosité pour regarder par la vitre et fut stupéfait de voir son frère avec une écharpe et une couronne de roi. Devant lui se tenait un énorme gâteau d'anniversaire avec le nombre seize. Il n'en revenait pas que son petit frère prenait seize ans, comme le temps passait vite. Il y avait plein de monde autour de lui, sans doute ses amis. Il décida de rentrer dans le restaurant lui faire une surprise, mais le sourire de son frère se figea instantanément lorsqu'il le vit.

- Joyeux anniversaire !! cria-t-il en agitant les mains avant de venir le prendre dans ses bras, heureux.

Son frère resta de marbre et ne montra aucune émotion.

- J'avais complètement oublié que c'était ton anniversaire aujourd'hui Joseph. Malheureusement, je n'ai pas de cadeau sur moi, dit Rebel, gêné, en serrant les dents en voyant tous les cadeaux qui étaient posés derrière son frère. Est-ce que je peux me joindre à vous ?

- Désolé, mais toutes les places sont déjà occupées, dit Joseph.

- Oh, mais je peux aller me prendre une autre chaise si

ce n'est que ça ! dit-il souriant en se dirigeant vers une table, mais son frère l'en empêcha.

- Qu'y a-t-il ? Tu ne veux pas que je me joigne à vous ? demanda Rebel intrigué par sa réaction.

Ce dernier détourna le visage n'ayant pas le courage de répondre à sa question, mais Rebel devina que c'était non.

- Très bien, je vais m'en aller dans ce cas, dit-il à la fois triste et déçu.

- C'est mieux. Répondit Joseph, indifférent.

Il tourna les talons et entendit quelqu'un demander à son frère qui il était, ce dernier répondit : *personne,* et cela lui fit mal au cœur. Il sortit du restaurant hors de lui et se mit à donner de violents coups de poing contre un mur pour déverser toute sa colère. Les gens qui passaient par là et le voyaient se déchainer ainsi se demandaient ce qui pouvait bien être à l'origine de tels agissements.

- Tu veux ma photo ? Cria-t-il à l'égard d'un monsieur qui s'approcha de lui. Ce dernier qui venait avec de bonnes intentions s'en alla rapidement de peur de se prendre des coups.

Le jeune garçon s'accroupit et se mit à pleurer. Il avait vraiment été marqué par l'attitude de son frère et s'en voulait énormément, car il était sans doute lui-même le seul responsable. À quoi s'attendait-il de toutes les façons ? Ils n'étaient pas proches tous les deux et ce n'était certainement pas aujourd'hui qu'ils allaient le devenir à cause de son anniversaire.

- Rebel, c'est toi ?... Mais qu'est-ce que tu fais ? entendit-il derrière lui.

Il essuya rapidement ses larmes et vit un de ses amis qui s'approcha de lui d'un pas hésitant.

- Est-ce que tu pleures ? demanda ce dernier stupéfait.

- Moi, pleurer ? Tu rigoles ! dit le jeune garçon en se relevant et en essayant de masquer ses émotions.

- Ça tombe bien que tu sois là, Johnny vient de se faire agresser par un groupe de garçons et nous sommes sur le point d'aller leur rendre la pareille. Ils sont juste de l'autre côté de la rue, tu viens ?

- Bien sûr ! dit-il avec rage.

Le jeune garçon n'aimait pas que l'on s'en prenne à son entourage et avec l'humiliation qu'il venait de vivre à l'instant il avait besoin de se défouler, c'était donc l'occasion idéale pour lui. Avec son groupe d'amis, ils attaquèrent par surprise la bande de garçons qui avait attaqué leur ami. Une violente bagarre éclata entre les deux groupes jusqu'à ce que des coups de feu retentirent. Certains gars du groupe adverse avaient des armes sur eux et se mirent à tirer. Effrayés, Rebel et sa bande se dispersèrent de part et d'autre. Il réussit à se cacher derrière une voiture et resta immobilisé là quelques minutes avant de se rassurer qu'il n'y avait plus personne du camp ennemi dans les parages.

Lorsqu'il se leva pour s'enfuir, il ressentit une douleur au niveau de son bras et paniqua lorsqu'il vit du sang. Il se tint le bras et s'en alla n'ayant pas le temps d'examiner sa blessure, le plus important pour l'instant était de quitter les lieux.

Lorsqu'il arriva sur le toit, il déchira sa chemise, complètement paniqué, et poussa un soupir de soulagement lorsqu'il constata que sa blessure n'était pas aussi grave qu'il le pensait. Il s'en était fallu de peu, cela aurait pu être plus grave. Il s'alluma une cigarette pour se détendre et ferma les yeux pour se relaxer. Lorsqu'il les ouvrit quelques minutes plus tard, son ami se tenait à côté de lui et il sursauta.

- Comment t'es-tu fait cette blessure ? demanda-t-il calmement.

- Tu devrais le savoir vu que tu es Dieu. Répondit le jeune garçon d'un ton sarcastique.

- Penses-tu vraiment que tes amis t'aiment ?

- Pourquoi me poses-tu cette question ? demanda Rebel en se tournant vivement vers lui.

- Ils ne t'appellent que lorsqu'ils ont besoin de se procurer de la drogue ou encore lorsqu'ils ont besoin que tu leur donnes un coup de main pour faire la bagarre... comme aujourd'hui.

- C'est faux !

- Combien t'ont appelé pour prendre de tes nouvelles

depuis que tu ne pars plus au lycée ou encore depuis que tu es à la rue ? Personne. Les vrais amis sont ceux-là qui sont avec toi dans les bons comme dans les mauvais moments, ce sont ceux-là qui se préoccupent de toi et de ton avenir comme de leur propre vie.

- Arrête de les juger, tu ne les connais même pas ! s'emporta le jeune garçon.

Il resta un moment silencieux avant de reprendre la parole.

- Ils ne sont pas comme tu penses. Dit-il tristement en essayant de se convaincre lui-même de ses propos.

- Tu sais au fond de toi que je dis la vérité.

- C'est faux, tu mens. Tu n'es qu'un sale menteur et cherches à me rendre triste.

- Pourquoi chercherais-je à te rendre triste ? Je ne veux que ce qu'il y a de mieux pour toi et cherche à t'ouvrir les yeux sur certaines réalités.

Rebel fixa le vide, reconnaissant au fond de lui qu'il avait raison. C'est vrai qu'aucun de ses amis ne l'avait appelé depuis tout ce temps. Chaque fois qu'il les appelait pour passer du temps avec eux ils disaient toujours être occupés et il n'insistait jamais parce qu'il se disait qu'ils étaient en classe d'examen et qu'ils devaient certainement réviser, mais aujourd'hui il commençait à remettre cela en question et la réalité l'attristait.

- Il est temps que tu arrêtes de lutter pour redevenir ce

garçon exemplaire que tu étais autrefois. Tu ne gagnes rien à vouloir jouer les rebelles, au contraire tu es malheureux. Tu t'obstines à préserver une réputation pour plaire à des personnes qui au final ne se préoccupent pas de toi. Cela n'en vaut pas la peine. Les véritables personnes qui t'aiment sont celles-là que tu as blessées par ton orgueil et ta rébellion, ta mère et ton frère. Retourne auprès d'eux et demande leur pardon pour tout le mal que tu leur as fait.

- Certainement pas !

L'Homme l'observa longuement.

- Tu avais fait une promesse à Dieu lorsque tu étais malade et pensais mourir : que tu allais changer si jamais il te laissait en vie. Il l'a fait, alors il faut que tu tiennes ta promesse.

Il lui fit un pansement au bras avant de s'en aller. Rebel le regarda jusqu'à ce qu'il disparaisse complètement de sa vue. Il ne savait vraiment plus quoi penser de son Ami et du fait qu'il était toujours au courant des moindres aspects de sa vie, même des plus personnels. Comment était-il au courant pour cette prière qu'il avait adressée à Dieu alors qu'il était tout seul ce soir-là ? Parfois, cela lui donnait la chair de poule et il se demandait s'il était humain ou pas. Il avait déjà entendu plusieurs histoires à propos des anges gardiens et il commençait par se demander si son ami n'en était pas un.

- Qui es-tu ? murmura-t-il intrigué.

Le lendemain, Rebel qui était à court de cigarettes décida d'aller voler encore dans un magasin, mais cette fois-ci les choses ne se déroulèrent pas comme d'habitude, il se fit prendre à la sortie par des agents de sécurité. Quelques minutes plus tard, la police débarqua et l'arrêta, lui passant les menottes aux mains. Son ami se tenait à l'entrée du magasin et observait toute la scène immobile. Rebel lui cria de lui venir en aide, mais ce dernier ne réagissait pas.

- Tu vas les laisser m'emmener ? Fais quelque chose ! Le supplia-t-il en paniquant alors que les policiers étaient en train de l'entraîner vers leur voiture de police.

- À qui parles-tu jeune homme ? Lui demanda un policier, intrigué.

Il tendit le doigt vers son ami dont il était le seul à voir. Les policiers regardèrent en direction du doigt qu'il pointait, mais ne virent personne.

- Encore un qui est sous l'effet de la drogue ! dit l'un d'eux en soupirant et en levant les yeux au ciel.

- Je ne me drogue pas ! Dit le jeune garçon en se débattant. Vous voulez me faire passer pour un fou c'est ça ?... Pourquoi restes-tu planté là ? Dis quelque chose ! Dit-il à l'égard de son ami qui restait toujours sur place.

Les policiers se moquèrent de lui et le mirent à l'arrière de leur voiture avant de démarrer. Rebel se retourna vivement et fixa son ami qui restait toujours debout au loin. Il avait la chair de poule et ne comprenait strictement rien. Ces policiers étaient-ils réellement sérieux lorsqu'ils prétendaient ne pas le voir ou voulaient-ils simplement le faire passer pour un déluré ? De toutes les façons dans quel intérêt auraient-ils à faire cela ?

Rebel eut plusieurs flashs qui vinrent tous en même temps dans ses pensées et il repensa toutes les fois où son ami prétendait être Dieu, à toutes les fois qu'il dévoilait toujours ses pensées lorsqu'ils discutaient ensemble, à tous les mystères qu'il avait vécus à ses côtés depuis le premier jour de leur rencontre. Et là personne à part lui ne le voyait. Et s'il était vraiment celui qu'il prétendait être ? Et s'il était vraiment Dieu ? Il fut pris dans un tourbillon d'émotions et se mit à suffoquer.

8

Une fois au commissariat, tandis qu'il était dans une cellule avec d'autres prisonniers, un policier vint s'adresser à lui pour l'informer qu'il avait le droit de passer un coup de fil à une personne de son choix, mais il refusa, à la grande stupéfaction de ce dernier. Il n'avait aucune envie d'appeler sa mère, car il ne voulait pas la décevoir davantage et lui donner encore une opportunité de se plaindre de lui. Il préférait encore rester en prison et purger sa peine avant de sortir. Il n'avait pas volé quelque chose de valeur et pensait au fond de lui que sa peine ne serait pas si terrible que ça.

Le policier sortit et discuta avec un de ses collègues qui ne cessait de dévisager Rebel en fronçant les sourcils. Ils échangèrent un moment avant de s'en aller. Le jeune garçon s'assit à même le sol, repliant ses genoux sur lui-même.

- Eh, pourquoi est-ce que tu as décidé de ne pas passer de coup de fil ? Lui demanda un autre détenu, curieux.

- Mêle-toi de tes oignons ! rétorqua le jeune garçon.

Ce dernier leva les mains en grimaçant avant de tourner les talons. Rebel, resta quelques minutes la tête baissée sur ses genoux repliés. Cela ne faisait pas longtemps qu'il était là, mais il avait déjà envie de ressortir tellement ses compagnons de cellule l'irritaient. Ils étaient grossiers, parlaient à haute voix et ne cessaient de le charrier. Lorsqu'il leva les yeux pour insulter l'un d'eux qui le traitait de tous les noms, il aperçut l'Homme debout derrière les barreaux en train l'observer.

- Casse-toi, je ne veux plus te voir ! lui cria-t-il, énervé.

Il lui en voulait d'avoir laissé les policiers l'embarquer alors qu'il savait très bien qu'il avait la possibilité de les empêcher. Ses compagnons de cellule se regardèrent tous, se demandant à qui il parlait. Un des leurs qui se tenait juste en face du jeune garçon crut qu'il s'adressait à lui.

- C'est à moi que tu causes petit morveux ? Demanda-t-il énervé, en pointant un doigt sur sa poitrine.

- Je m'adresse à celui que je pensais être mon ami... mais qui ne le sera plus une fois que je sortirai d'ici parce qu'il m'a trahi ! cria-t-il avec sarcasme à l'égard de l'Homme.

Tous les détenus se regardèrent les yeux écarquillés. L'on pouvait lire sur leur visage qu'ils se demandaient si le jeune garçon avait toute sa tête ou pas.

- Ça va mec ? demanda l'un d'eux, à la fois amusé et intrigué.

- Pourquoi est-ce que ça n'irait pas ? demanda Rebel, agacé.

- À qui tu t'adresses putain ? De quel ami parles-tu ? Cria un autre derrière lui.

Rebel leva le regard instinctivement vers son ami puis se tourna vers les autres détenus en leur demandant s'ils ne le voyaient pas. Ces derniers se moquèrent de lui.

- Eh, les gars, je crois bien qu'on nous a enfermés avec un fou !

- Sauve qui peut !

Ils se moquèrent tous de lui et Rebel fixait maintenant son ami avec de grands yeux. Ce dernier s'en alla puis disparut sous ses yeux. Le jeune garçon resta la bouche ouverte et les yeux écarquillés.

Sa mère vint le libérer quelques heures plus tard après avoir payé sa caution. Contrairement à ce qu'il pensait, elle ne l'avait pas sermonné, au contraire, elle s'était immédiatement jetée dans ses bras lorsqu'elle l'avait vu. Alors qu'ils étaient sur le chemin du retour, dans la voiture, Rebel lui demanda comment elle avait su qu'il se trouvait là et elle lui répondit que c'était un frère de sa paroisse qui était policier qui l'avait reconnu et l'avait contacté. Il repensa alors au policier qui ne cessait de le dévisager et sut qu'il s'agissait de lui.

- Tu ne devineras jamais ce qu'il m'a raconté Rebel, dit-elle en souriant en le regardant par le rétroviseur alors qu'il était assis à l'arrière. Figure-toi que c'était son dernier jour de travail hier, car il a pris ses congés, mais une voix au fond de lui insistait pour qu'il vienne aujourd'hui sans qu'il ne sache pourquoi. Il a simplement obéi et lorsqu'il t'a vu il a su que c'était pour qu'il me prévienne. Pourquoi est-ce que tu ne m'as pas appelé Rebel, tu pensais que je n'allais pas venir te chercher ?

Le jeune ne répondit pas à sa question et se contentait de fixer le paysage qui défilait sous ses yeux.

- Quoi qu'il en soit heureusement que Marc t'a vu. Reprit-elle. S'il n'avait pas été là, qui sait ce qui aurait pu arriver par la suite ? Tout ça, c'est l'œuvre de notre Dieu. Encore une fois, il a montré sa bonté, ajouta-t-elle, contente.

Le cœur du jeune garçon se mit à battre intensément à l'écoute de ce nom. Il repensa instantanément à son Ami qui avait toujours pris soin de lui jusque-là et sourit au fond de lui en pensant qu'il s'était encore, une fois de plus, préoccupé de lui en mettant dans le cœur de ce policier la pensée d'appeler sa mère. Alors qu'il était plongé dans ses pensées, la voix de sa mère le ramena à la réalité.

- Rebel, je...je voulais vraiment m'excuser auprès de toi de t'avoir laissé traîner tout ce temps dans la rue, je m'en veux véritablement. Dit-elle tristement en le regardant toujours par le rétroviseur. Il m'est arrivé plusieurs fois de prendre la voiture et de me mettre à ta recherche pour te demander de revenir à la maison, mais je ne te trouvais nulle part en sillonnant la ville. Il faut avouer que ce n'était pas très évident non plus.

Le jeune garçon avait le regard vide et fixait la rue sans réagir, comme si son esprit était ailleurs. Sa mère, inquiète, ne cessait de le dévisager par le rétroviseur.

- Rebel ?... Rebel, est-ce que tu m'as entendu ? demanda-t-elle.

- Parle-moi de Dieu maman. Dit-il tout simplement.

Espérance pouvait s'attendre à tout sauf au fait que son fils lui demande de lui parler de Dieu. Elle resta un moment sous le choc avant de prendre la parole avec le sourire.

- Dieu est l'être le plus merveilleux que je connaisse. Il n'y a personne d'autre comme Lui, qui soit capable de nous aimer d'un amour aussi fort et inconditionnel. Ce qu'il attend de nous est que nous changions afin d'intégrer son Royaume et ainsi être appelés enfants de Dieu, mais Il est là chaque jour pour nous aider dans ce changement, il ne nous laisse pas seuls. Il nous conseille, nous conduit et nous oriente. Il prend soin de nous et veille sur nous nuit et jour. Il est un peu, comment dirais-je...comme une sorte d'ange gardien.

- Peut-on le voir physiquement ? demanda le jeune garçon avec curiosité en reconnaissant son Ami dans la description que sa mère venait de lui faire de Dieu.

- J'ai déjà écouté un ou deux témoignages de personnes qui affirment avoir vu Dieu, mais je ne sais pas quoi penser et préfère ne pas avoir un jugement là-dessus. Je ne sais pas ce qu'ils entendent réellement par le fait de l'avoir vu, s'ils font référence à sa présence ou autre chose, mais en tout cas si moi une chose pareille m'arrivait je me considérerais vraiment comme chanceuse. Tu t'en rends compte ? Voir Dieu ? C'est quelque chose d'extrêmement incroyable ! dit-elle joyeuse.

Rebel resta silencieux et sourit au fond de lui en se disant qu'il l'avait peut-être vu, lui. Jusqu'à présent il ne savait toujours pas quoi penser et se demandait si tout ce qu'il avait vécu avec son Ami n'était pas finalement le fruit de son imagination dans la mesure où il était le seul à le voir. Il avait entendu dire que beaucoup de personnes qui vivaient dans la rue étaient sujettes à des hallucinations et il se demandait si cela n'avait pas été le cas pour lui tout ce temps.

Une fois arrivés chez eux, Rebel monta dans sa chambre et s'enferma. Espérance s'attendait à entendre dans les minutes qui suivent la musique à fond, mais ce fut le calme total. Elle fronça les sourcils, surprise, car c'était quelque chose d'inhabituel. Il y avait toujours un fond sonore chez eux chaque fois que son fils était à la maison. Elle avait également été surprise par le fait qu'il avait été très calme lorsqu'elle était venue le chercher en prison et tout le long du trajet ; elle s'était déjà préparée psychologiquement à entendre toutes sortes d'injures et de remontrances de sa part, dû au fait qu'elle l'avait laissé dans la rue tout ce temps, mais rien de cela ne s'était produit. Elle ne savait pas ce que son fils avait vécu dans la rue, mais invraisemblablement il était revenu de là transformé.

Quelques heures plus tard, le jeune garçon sortit de sa chambre et prévint sa mère, qui bouquinait un livre au salon, qu'il allait faire les cent pas et ne rentrerait pas trop tard. Cette dernière fut une fois encore plus sous le choc, car Rebel n'avait pas pour habitude de lui dire où il se rendait chaque fois qu'il sortait de la maison, mais de surcroît il était rare qu'il passe par l'entrée principale. Généralement il sortait toujours par la fenêtre de sa chambre.

Il marcha quelques minutes avant de prendre place sur un banc public. Il alluma une cigarette et se mit à fumer. Peu de temps après son ami vint prendre place à ses côtés, il paniqua totalement et se leva effrayé, tremblant de tous ses membres et le regardant comme s'il était un spectre.

- Pourquoi es-tu effrayé ? demanda ce dernier d'une voix calme.

Rebel balbutia, incapable de dire le moindre mot.

- Qui...qui, es-tu ? demanda-t-il apeuré.

- Tu as déjà la réponse à ta question, dit l'autre en souriant.

Le jeune garçon se frotta les yeux comme s'il avait une hallucination.

- Pourquoi est-ce que je suis le seul à te voir ? C'est quoi ce délire, putain ?

- Tu es le seul à me voir parce que je suis venu uniquement pour toi ici afin de remplir ma mission à ton égard.

- Mais...tu ne peux pas être Dieu ! dit le jeune garçon dans un soupir.

- Pourquoi donc ?

- Parce que c'est absurde !... Attends une minute...on se calme.

Le jeune garçon tournait sur place en se grattant la tête, complètement désorienté.

- Contrairement à ma mère, je ne suis pas très spirituel, mais je sais néanmoins une chose c'est que Dieu n'est pas comme toi et moi !...C'est ta...c'est ta vraie apparence ?

- Non. C'est celle que j'ai choisie afin que tu me voies.

- Donc logiquement tu n'es pas comme çà ?...En réalité tu es comme on le décrit dans les écritures avec de longs cheveux dorés et tout le reste ?

- Mon apparence doit rester un mystère pour le monde jusqu'au jour de l'enlèvement.

Rebel l'observa longuement avant de reprendre la parole.

- Tu...tu es vraiment Dieu ? Sérieux ?

- Oui.

- C'est étrange, mais ma conscience a du mal à l'accepter. Dit-il d'un rire nerveux. Et pourtant je suis conscient aujourd'hui de tous les miracles que tu as faits en ma présence, mais j'ai juste du mal à l'accepter. J'ai l'impression qu'il me faut plus de preuves pour l'admettre.

- C'est normal, tu raisonnes avec ta tête et non avec ton cœur, mais ce que tu devrais savoir c'est que tout ce qui a attrait avec la spiritualité n'a rien de rationnel. Ce sont deux mondes diamétralement opposés.

- Je sais que tu me trouves peut-être buté, mais mets-toi à ma place. Si quelqu'un apparaissait un bon jour devant toi en clamant haut et fort qu'il était Dieu, est-ce que tu le croirais aussi facilement ?

Dieu se contenta de sourire.

- Ah, tu vois que j'ai raison ! dit-il en lui pointant du doigt accusateur. Il y a plein de gens qui font des miracles dans ce monde : des prophètes, des magiciens, des illusionnistes ! Tu pourrais bien être l'un d'eux...sauf que toi tu es un gentil !

- Je ne suis aucun d'eux.

- Dans tous les cas, tu n'es pas Dieu...et je trouve cette discussion complètement stupide !

Le jeune garçon était si troublé qu'il ne cessait de tourner en rond en se frottant le menton et en se parlant à lui-même, gloussant par moment en levant les yeux au ciel.

- Si tu es vraiment Dieu comme tu le prétends, pourquoi est-ce que tu te prendrais la tête à descendre sur terre pour venir à mon secours ? Tu pouvais très bien intervenir depuis ton trône là-haut sans pour autant te bouger le petit doigt !

- Je pouvais le faire soit, mais ton témoignage ne serait pas aussi puissant. Si je ne m'étais pas révélé à toi personnellement tu n'aurais jamais cru à mon existence. Or, en me voyant de tes propres yeux, tu pourras désormais crier au monde entier que je suis réel, que j'existe. C'est à présent ta mission.

- Attends, de quelle mission parles-tu ? Je crois que tu commences un peu à t'emballer là, calme-toi.

- Je t'ai choisi afin que tu sois mon ambassadeur à travers les nations et qu'au travers de ton témoignage beaucoup de gens soient sauvés. Lui expliqua Dieu sereinement.

- Attends...tu veux faire de moi un chrétien ?!

- Oui. C'est mon projet pour chaque personne dans ce monde.

- Mais je ne peux pas !

- Pourquoi donc ?

- Mais parce que c'est trop naze et qu'il n'y a rien d'excitant dans cette vie !... En plus, c'est pour les vieux !

- Il y a des chrétiens de ton âge dans ce monde, et même plus jeunes que toi.

- Ah ouais, et tu es sûr qu'ils sont heureux ? Je te parie que ce sont leurs parents qui les ont obligés à l'être !

- On n'oblige pas quelqu'un à devenir chrétien, c'est une décision purement personnelle.

- Donc tu veux me faire croire que ces jeunes chrétiens dont tu parles ont décidé d'eux-mêmes, en leur âme et conscience, de le devenir ?

- Oui.

- Et pourquoi donc ?

- Parce qu'ils m'ont rencontré un jour et qu'ils m'ont connu avec le temps, comme toi également tu es en train de me connaître.

Sa réponse glaça le jeune garçon qui resta muet quelques minutes. Il ouvrit sa bouche pour dire quelque chose, mais aucun mot ne sortit, il était à bout et ne savait plus quoi dire pour contredire son Ami qui semblait avoir toujours réponse à tout.

- J'ai une faveur à te demander. Dit-il après quelque temps de réflexion. Comme je te le disais tantôt je ne suis pas très spirituel, je ne maîtrise pas la Bible et autres.

Néanmoins, il n'y a pas mal de choses dont j'ai entendu dire à ton propos...si réellement tu es Dieu, ajouta-t-il en accentuant chaque mot. Paraîtrait-il que tu sois capable de rendre possible ce qui ne l'est pas, si c'est réellement le cas, alors fais en sorte que mon école accepte de bien vouloir me reprendre. Si tu réussis à faire cela, je te promets que je te croirais...et que je deviendrai peut-être chrétien, ajouta-t-il en croisant les doigts derrière son dos.

Dieu sourit en l'observant attentivement avant de disparaître. Rebel paniqua et tomba à la renverse devant ce phénomène.

Lorsqu'il rentra chez lui, sa mère avait toujours gardé la même position qu'elle avait lorsqu' il avait quitté la maison et bouquinait au salon tandis que son petit frère qui était rentré mangeait à côté, dans la salle à manger. Il fut surpris de voir Rebel et s'arrêta de manger, le regardant les yeux écarquillés.

- Rebel ? ...Qu'est-ce que tu fais là ? demanda-t-il, surpris de le voir en se tournant vers sa mère, cherchant des explications.

Cette dernière ne sachant quoi dire se leva prête à s'en aller, mais Rebel l'en empêcha.

- Reste maman, j'ai à vous parler tous les deux.

Espérance et Joseph se regardèrent simultanément en fronçant les sourcils, se demandant ce qu'il pouvait bien vouloir leur dire.

- Joseph, viens t'asseoir, dit-il d'un ton ferme.

Ce dernier s'exécuta après quelques minutes d'hésitation. Rebel vint prendre place en face d'eux et prit une grande aspiration avant de prendre la parole.

- Je...je voulais vous demander pardon pour tout le mal que j'ai bien pu vous faire à tous les deux. La vérité c'est que... je ressentais une telle haine à votre égard que la seule façon pour moi de l'exprimer était de chercher à vous faire souffrir par tous les moyens.

- Mais pourquoi ? Demanda Espérance émue, les larmes aux yeux, la main posée sur sa poitrine.

- Parce que je ne me sentais pas aimé tout simplement, surtout par toi maman. En réalité c'est à toi que j'en veux, Joseph n'a juste fait que subir toute cette jalousie que j'avais au fond de moi. Tu as toujours montré que tu le préférais à moi et c'était insupportable. Tu n'as eu d'yeux et de considération que pour lui après le décès de papa, j'avais l'impression d'être mis à part, qu'il n'y avait que lui qui comptait. Je n'avais pas l'impression qu'on traversait cette épreuve à trois, mais que vous la traversiez à deux.

Joseph, ému par ces révélations, baissa la tête.

- C'est parce que ton petit frère était tellement jeune quand ton père nous a quittés que j'ai pensé qu'il avait besoin de plus d'attention et d'affection. Tu étais déjà adolescent lorsque ce malheur nous a frappés et tu semblais si fort que j'ai cru que...

Elle ne termina pas sa phrase et se mit à pleurer à chaudes larmes. Elle réalisait qu'elle était sans doute à l'origine de la rébellion de son fils et s'en voulait terriblement. C'est vrai qu'elle l'avait mise de côté après le décès de son mari pour se tourner davantage vers son petit frère qui était très jeune à cette époque et qui avait surtout de graves problèmes de santé. D'ailleurs, deux mois avant le décès de son mari, ce dernier avait dû subir une intervention chirurgicale. Elle craignait surtout que cette nouvelle désastreuse lui soit fatale et qu'elle soit à nouveau frappée par un autre malheur, mais c'était une véritable erreur de sa part. En réagissant de la sorte, elle ne se rendait pas compte qu'elle faisait souffrir son fils aîné. Elle n'avait pas été là pour lui alors qu'il avait autant besoin d'attention que son petit frère.

- Je suis vraiment désolée Rebel. Je te demande pardon, pardon pour tout. Dit-elle sincèrement en s'approchant de lui et en l'enlaçant.

Il resta les mains écartées, hésitant à la prendre dans ses bras puis finit par le faire après quelques minutes d'hésitation. Ils restèrent ainsi quelques minutes avant qu'il ne la repousse tendrement. Elle encadra affectueusement son visage de ses mains avant de prendre la parole.

- Je t'aime autant que ton frère Rebel, n'en doute pas une seule seconde. J'ai commis une grossière erreur en tant que mère et je te demande de ne plus m'en tenir rigueur, je t'en prie...est-ce que tu me pardonnes ? Demanda-t-elle les larmes aux yeux.

Il hocha la tête.

- Je t'aime mon fils.

Rebel pleura à l'écoute de ces mots. C'était tout ce qu'il avait toujours voulu entendre de la part de sa mère qu'elle l'aimait. Joseph se leva de sa place et vint les enlacer tous les deux. Ils se mirent tous à pleurer, émus les uns les autres par ces touchantes révélations.

- Rebel, je...je voulais te demander pardon pour la dernière fois au restaurant. Je n'avais pas été très sympa avec toi. Désolé, dit Joseph après que chacun eut repris ses esprits.

- Ne t'inquiète pas, c'est oublié. Dit-il en tapotant son bras.

Espérance regarda ses deux fils, émue.

- Eh les garçons, et si on commandait des pizzas pour fêter ça ? proposa-t-elle, un large sourire aux lèvres.

- Je suis partant, dit Rebel.

- Moi également !

Ils passèrent une belle soirée à manger des pizzas devant un bon programme télévisé. Espérance était une femme comblée et ne cessait de remercier Dieu au fond d'elle pour le changement de son fils. Il était devenu une autre personne après son petit séjour dans la rue, pour le plus grand bien de tous.

9

Rebel avec le temps s'était mis à lire la Bible que lui avait offerte son Ami Dieu. Il la lisait toujours en cachette et s'assurait que la porte de sa chambre était bien fermée à clé afin que sa mère et son frère ne le surprennent pas. Il aurait honte si ces derniers venaient à découvrir son secret. Ce qu'il avait découvert au travers de ces écritures était juste incroyable. Il avait l'impression que ce livre avait un pouvoir dans la mesure où il avait un impact sur votre personnalité et vous incitait à changer. Avec le temps il ressentit le besoin d'améliorer son apparence, il s'était donc coupé les cheveux et avait enlevé sa teinture et tous ses piercings. Il ne voulait plus avoir ce look de rebelle qui lui rappelait trop son ancienne vie de délinquance et avait mis dans des cartons plusieurs affaires dont il comptait se débarrasser.

Un jour, lorsqu'il sortit de sa chambre, sa mère qui était en train de préparer le repas à la cuisine s'arrêta lorsqu'elle le vit. Elle était complètement sous le choc. Son nouveau style lui donnait tellement une autre allure qu'elle ne l'avait presque pas reconnu.

- Rebel ?!...L'appela-t-elle d'un air hésitant en le regardant comme si elle avait un étranger en face d'elle.

Son attitude agaça le jeune garçon.

- Pourquoi fais-tu cette tête ? Demanda-t-il les sourcils froncés.

- Non, non, pour rien. Dit-elle en continuant de cuisiner.

Elle connaissait parfaitement son fils et savait qu'il serait gêné si elle venait à exprimer sa joie en complimentant son apparence et tous les changements qu'il affichait depuis son retour à la maison. Alors qu'une fois elle lui avait demandé ce qui s'était passé dans la rue pour qu'il en revienne autant transformé, le jeune garçon n'avait pas voulu parler et était allé s'enfermer dans sa chambre. Elle ne voulait donc pas brusquer les choses et se contentait de l'admirer en silence, fière de lui, attendant avec impatience qu'il décide de lui-même de lui ouvrir son cœur.

Les semaines qui suivirent, le jeune garçon s'était résolu à demander pardon à toutes les personnes qu'il avait bien pu offenser par son attitude à savoir sa voisine, toutes ses petites amies avec lesquelles il avait par ailleurs décidé de mettre un terme aux relations, et son professeur sur qui il avait levé la main. Il s'était rendu à son ancien lycée pour cela et lorsqu'il avait demandé à lui parler, ce dernier craignant encore qu'il ne lui porte main pressa les pas, cherchant à fuir, mais Rebel le rattrapa en disant qu'il ne lui voulait aucun mal. Ce dernier, intrigué, lui demanda alors ce qu'il lui voulait dans ce cas et là le jeune garçon lui demanda pardon du fond du cœur d'avoir levé la main sur lui et précisa qu'il avait besoin qu'il accepte ses excuses pour avoir la paix dans son cœur. Son professeur fronça les sourcils, surpris par son attitude puis lui dit en esquissant un sourire qu'il lui pardonnait. Rebel le remercia avant de s'en aller. Ce dernier resta à le dévisager, se demandant quelle était l'origine d'un tel changement. Au premier abord, il ne l'avait d'abord pas reconnu physiquement et ensuite lorsqu'il s'était excusé, c'était le comble. Il pensa au fond de lui qu'il était sans doute passé par un centre de redressement...pour le bien de tout le monde.

Un jour, alors que sa mère l'avait envoyé faire des courses au supermarché, Rebel croisa dans les rayons son ancien proviseur et s'approcha de lui pour le saluer. Ce dernier, comme plusieurs personnes, eut du mal à le reconnaître à première vue lorsqu'il l'aborda.

- Rebel, c'est vous ? Quel changement, mon garçon,

c'est à peine si je vous ai reconnu ! Alors, comment allez-vous ? demanda-t-il en souriant.

- Ça va.

- Que faites-vous maintenant ? Avez-vous pu intégrer un autre établissement ? Demanda-t-il tout en continuant de faire ses courses.

- Non, je suis à la maison.

- Quel dommage ! Vous seriez en train de préparer votre examen aujourd'hui avec vos camarades...si vous n'aviez pas décidé de jouer au petit malin, ajouta-t-il d'un ton navré.

- Oui. Et je regrette énormément. Acquiesça Rebel. Malheureusement, aujourd'hui il est trop tard pour faire marche arrière.

- Vous regrettez ? Vraiment ? demanda son ancien proviseur éberlué.

- Oui. Cela m'ennuie de rester à la maison à longueur de journée à ne rien faire.

- Comme quoi il faut toujours réfléchir avant de poser certains actes. J'espère que cela vous servira de leçon. Dit-il en s'arrêtant et en le dévisageant.

- Oui.

- Je n'ai jamais compris pourquoi vous étiez animé d'une telle colère en vous et ce qui pouvait bien vous pousser à agir comme vous le faisiez. J'avais demandé à notre psychologue de se rapprocher de vous pour le savoir, mais elle a eu peur et n'a pas voulu le faire, paraîtrait-il que vous l'aviez menacé de lui faire du mal si jamais elle osait s'approcher de vous.

Rebel sourit en repensant à cela.

- Ouais, mais bon...ça c'était avant. Dit-il en haussant les épaules.

Le proviseur l'observa longuement un moment avant de reprendre la parole.

- Vous semblez être quelqu'un d'autre aujourd'hui. À quoi cela est-ce dû ? Avez-vous suivi des cours d'éducation civique ou quelque chose dans le genre ? demanda-t-il avec curiosité.

- Non. J'ai juste fait la rencontre de quelqu'un qui a changé ma vie. Grâce à lui, j'essaie de devenir une meilleure personne. Dit-il en souriant en repensant à son Ami.

- Vous m'en voyez ravi, cette personne est vraiment à féliciter pour tout le travail qu'elle a opéré. Eh bien, j'ai été content de vous revoir...transformé.

- Merci monsieur.

Il s'en alla puis poussa un long soupir avant de revenir sur ses pas.

- Si nous décidons de vous laisser revenir au lycée, est-ce que vous me promettez que nous n'écouterons plus d'histoires à votre sujet ?

- Vous...vous voulez me laisser revenir au lycée ?!

demanda le jeune garçon comme s'il n'avait pas bien écouté.

- J'aimerais bien vous accorder une autre chance, on va dire.

- Mais j'ai été exclu !

- Inutile de me le rappeler, vu que c'est moi qui aie pris cette décision ! dit-il en riant.

- Vous n'allez pas passer pour un faiblard si vous revenez sur votre décision ? demanda le jeune garçon sous le choc.

- Pour un faiblard, c'est-à-dire ?

- Bah pour quelqu'un de faible, qui n'est pas ferme dans ses décisions... Est-ce que vous n'allez pas vous mettre vos collègues à dos si jamais vous m'accordez cette chance ?

Le proviseur se mit à rire.

- Jusqu'à preuve de contraire, c'est moi le proviseur de ce lycée et je prends toutes les décisions que je veux, que cela plaise ou non à certains.

Il s'arrêta de rire en le dévisageant attentivement.

- Je ne sais pas pourquoi, mais une voix au fond de moi me demande de vous laisser réintégrer le lycée et c'est la première fois qu'une chose pareille se produira. Il faut dire que vous avez une bonne étoile, mon garçon, dit-il, ne lui faisant un clin d'œil. Préparez-vous, l'école vous contactera d'ici là pour vous demander de reprendre les cours.

Rebel le regarda les larmes aux yeux.

- Merci, monsieur, merci beaucoup. Merci.

- Remerciez plutôt le Bon Dieu mon garçon. Dit-il en s'en allant en riant.

Le jeune garçon eut des frissons en écoutant le nom de Dieu. Il était si ému qu'il se mit à trembler. Encore une fois, Il avait agi positivement dans sa vie. Il se souvint de la faveur qu'il lui avait demandée pour lui prouver qu'il était Dieu et il venait simplement de la réaliser. Lorsque Rebel lui avait demandé de faire en sorte que son école le rappelle, il ne pensait pas réellement au fond de lui qu'une telle chose puisse être possible, car il n'avait jamais entendu nulle part qu'un établissement avait repris un élève exclu, pour lui c'était quelque chose d'impossible. Aujourd'hui, il ne faisait plus l'ombre d'un doute que son Ami était réellement Dieu et aussi fou que cela puisse paraître, il décida de le croire tout simplement sans plus chercher à raisonner.

Son cœur se mit à palpiter tellement il était sous le choc. Pourquoi avait-il quitté son trône pour être avec lui tous les jours dans la rue ? Pourquoi avait-il accordé autant d'attention à un jeune rebelle comme lui ? Il avait du mal à accepter qu'un si grand Dieu puisse se rabaisser à son niveau juste parce qu'il voulait qu'il change. Il était à la fois surpris et ému par tant d'amour et sans qu'il ne s'en rende compte, des larmes coulèrent le long de son visage.

- Ça va mon garçon ? demanda une dame qui passait par là et qui s'approcha de lui inquiète.

- Oui, oui ça va merci. Répondit-il avant de s'en aller rapidement.

Il courut dans la rue et alla dans un parc où il se mit à appeler son Ami.

- Dieu ! Eh Dieu, montre-toi ! cria-t-il en tournant autour de lui, le cherchant du regard, mais il ne le vit pas. Il ne cessa de l'appeler, encore et encore, mais aucune trace de son Ami.

Il prit place sur un banc et se mit à pleurer, pensant que ce dernier l'avait abandonné.

- Où es-tu ?... Pourquoi est-ce que tu ne te montres pas ? murmura-t-il en reniflant, retenant ses larmes.

Il resta les yeux fermés quelques minutes. Quelque temps après il sentit une présence près de lui et il se retourna vivement. Un large sourire se dessina sur ses lèvres tandis qu'il vit son Ami.

- Tu es là. Murmura-t-il en le regardant, ému.

- Pourquoi pleures-tu ? Lui demanda ce dernier en souriant.

Il essuya rapidement ses larmes puis voulut mentir qu'il ne pleurait pas, mais se rétracta. Il n'avait plus honte à présent. C'était quelque chose de tout à fait normal comme le lui avait enseigné son Ami.

- Je pensais que tu m'avais abandonné. Avoua-t-il.

- Pourquoi donc ?

- Parce que tu n'es pas apparu quand je t'ai appelé.

- Je suis là.

- Oui. Dit-il dans un souffle.

Le jeune garçon le dévisagea pendant un moment avant de prendre la parole.

- Aujourd'hui, je sais que tu es Dieu, je n'en doute plus. C'est dingue, mais c'est la vérité, la folle vérité. Je décide de faire taire ma raison pour écouter mon cœur...je n'ai qu'une question à te poser, une seule : pourquoi ?...Pourquoi avoir pris la peine de descendre du ciel pour moi qui ne le mérite pas ?

- Pourquoi penses-tu que tu ne le mérites pas ?

- Parce que je suis...*sale*. J'ai fait tellement de bêtises dans ma vie, blessé tant de personnes et je n'ai jamais eu une bonne ligne de conduite que je pensais ne pas mériter une telle attention de ta part.

- Aux yeux du monde, tu étais peut-être impur, mais pour moi tu représentes une belle créature et c'est parce que je t'aime et que j'ai vu que tu te perdais que je suis venu vers toi afin de te ramener sur le droit chemin.

Le jeune garçon le regarda les larmes aux yeux puis l'enlaça fortement. Dieu resserra son étreinte avec amour. Ils demeurèrent ainsi quelques petites minutes.

- Merci. Merci pour tout, dit le jeune garçon d'un cœur sincère.

- À présent ma mission est terminée. Tu ne me verras plus.

- Pourquoi ? demanda Rebel tristement.

- Parce que j'ai accompli avec toi ce que j'étais venu faire sur la terre et que ma mission s'est avérée être un succès. Dit-il en souriant. Tu es en train de rentrer dans le processus de conversion. Tu ne me verras plus de tes yeux physique, mais mon Esprit sera toujours avec toi, tout le temps.

- Mais comment ferais-je pour te parler désormais si tu t'en vas ?

- Tu pourras le faire au travers de la prière. Je te répondrai toujours tantôt d'une manière tantôt d'une autre.

- Ouais, mais...ce ne sera pas pareil. C'était trop fun de t'avoir tout le temps à mes côtés...même si parfois je te jure que tu me saoulais. Ajouta-t-il en souriant. Mais bon toutes les bonnes choses ont une fin, pas vrai ?

Dieu acquiesça en souriant puis caressa sa joue avant de disparaître. Rebel sourit et n'était plus effrayé. Il se leva du banc, en route pour sa maison. Il garderait à jamais cette image dans sa tête.

10

L e jeune garçon avait repris les bancs de l'école quelques jours plus tard, au grand étonnement de tous. Mais c'est surtout son apparence et son changement de caractère qui étonnaient le plus et qui suscitaient beaucoup de curiosité. Il donnait toujours avec le sourire la même réponse à tous ceux qui lui demandaient à quoi était due cette métamorphose : il avait rencontré quelqu'un qui avait changé sa vie. Il était même devenu une référence pour certains parents qui voulaient également que leurs enfants changent, ils ne cessaient de comparer ces derniers à Rebel en disant que si lui avait changé, alors eux aussi pouvaient le faire.

Rebel s'était donné pour objectif d'obtenir son examen et travaillait tous les soirs avec son petit frère pour cela. Il avait de la chance que ce dernier était très intelligent et comprenait facilement ses leçons contrairement à lui. Il ne le jalousait plus et acceptait humblement que ce dernier lui dicte quoi faire lorsqu'ils révisaient ensemble.

Les efforts du jeune homme payèrent de leurs fruits, car il obtint son examen avec mention au grand étonnement de tous, quelques mois plus tard.

Quelques semaines après, sa mère, stressée, courait dans tous les sens à la maison.

- Où sont mes boucles d'oreilles ? Je les avais posées sur la table ! dit-elle en les cherchant dans toutes les pièces de la maison.

- Maman tu vas te calmer à la fin ?! dit Rebel qui allait finir par avoir le vertige en la suivant du regard dans toutes les pièces.

- Quelle heure est-il ? Sommes-nous en retard ? demanda-t-elle en s'arrêtant nette.

C'était la remise des diplômes aujourd'hui et elle était stressée. Elle était tellement fière de ses deux fils qui avaient obtenu leurs examens. Ils n'auraient pas pu lui offrir meilleur cadeau en cette fin d'année.

- Maman...elles sont là ! dit Joseph en pouffant et en lui tendant sa paire de boucles d'oreille qui était délicatement posée sur la salle à manger.

Elle les saisit et les plaça maladroitement, les mains tremblantes.

- Je ne savais pas que le stress rendait aveugle, c'est incroyable ! dit Rebel. Allez, moi j'avance !

- Oui, oui, on s'en va ! Dit-elle en saisissant les clés de sa voiture et en les dépassant.

La remise de diplôme se passa bien, sous des tonnerres d'applaudissements. Au moment de remettre son diplôme à Rebel, le proviseur tint à faire un petit discours.

- C'est avec les larmes aux yeux que je remets ce diplôme à ce jeune homme, Rebel Wilson. Il n'a eu que trois mois pour préparer son examen contrairement aux autres élèves et j'ai vu comment il s'est battu nuit et jour pour l'obtenir. Pour ceux qui ne le savent pas, Rebel avait été exclu de l'établissement pour mauvaise conduite. Mais après l'avoir rencontré un jour, à tout hasard, dans un supermarché et après avoir constaté à quel point il avait changé physiquement, mais aussi moralement, j'ai décidé en tant que père et en tant que proviseur de lui accorder une seconde chance par les pouvoirs qui m'étaient conférés. Aujourd'hui, je me dis que je ne m'étais pas trompé et que j'avais pris la bonne décision. Alors que c'était un jeune homme qui n'aimait pas les études et passait son temps à faire l'école buissonnière au grand dam de tous, il obtient aujourd'hui son Baccalauréat avec une mention « Assez bien ». Je vous demande de faire un tonnerre d'applaudissements pour ce jeune homme, dit-il, ému.

Toute la salle se leva et fit une standing ovation à Rebel

qui prit son diplôme, les larmes aux yeux. Sa mère qui pleurait comme une madeleine ne cessait de jeter les mouchoirs mouillés par des larmes qui ne cessaient de couler.

Joseph vint embrasser son frère et tous les bacheliers jetèrent leurs toges en même temps sous la supervision de leur proviseur.

Quelques années plus tard, alors que Rebel était désormais marié et père de famille, il fut invité à une conférence de jeunes où il devait prendre la parole. Sa femme et ses deux petites filles qui étaient assises aux premières places le regardaient avec fierté. Au fil du temps, sa relation avec Dieu avait évolué au point où il est devenu pasteur de jeunesse et excellait dans son travail auprès des jeunes. Il avait gagné en notoriété et était invité dans plusieurs pays pour partager son histoire. C'est avec une immense joie qu'il faisait passer le message de l'évangile et qu'il racontait avec passion son incroyable rencontre avec Dieu. Son témoignage qui était hors de commun touchait le plus grand nombre, en particulier des jeunes rebelles qui pensaient au fond d'eux qui si Dieu avait été capable de le changer, lui, alors il pouvait également le faire pour eux.

Il terminait toujours chaque conférence en disant qu'il avait compris que Dieu l'avait sauvé pour sauver les autres en retour et qu'aujourd'hui ce dernier était son meilleur *poto*.

Printed in France by Amazon
Brétigny-sur-Orge, FR

13338727R00094